打從心底

コッコロから

佐野洋子

打從心底

佐野洋子
邱香凝 譯

コッコロから

目錄

1

停下腳步，其實很想仔細看，但我只是偷瞥了一眼，不過，腳步放慢了許多。

有些人聚集在那裡。一群聚集在那裡窺看的女生，不知為何都是女生，只是看起來很沒品。不只沒品，這種人毫無例外都長得醜。

不是殺人事件，沒人打架也不是車禍。只是模特兒在櫸樹下拍照而已。

穿著亮黃光澤連身褲的外國模特兒塗著厚厚的口紅，靠著櫸樹的樹幹，揚起下巴。

我裝作沒興趣的樣子，其實正在偷偷靠近，想把活生生的模特兒裡裡外外看個夠。因為我老覺得雜誌上看到的模特兒都是假的，不像我們活著要吃飯，她們說不定還連廁所都不用上。

再說，我只要一看到美麗的女人就無法保持冷靜。

美麗的女人竟然和我呼吸同樣的空氣，這太不公平了。

美麗的女人應該要有某些缺陷才對，這樣才公平。

死黨麻由美明明有戀人了，一年到頭還是有男人追她。

「好討厭喔，那種土包子。」

麻由美很不高興，一副自尊受損的樣子。

「真的很土耶。」

對方是連我都不禁讚嘆的土包子，儘管那些土包子根本看不上我，每逢這種時候，我總對麻由美有點不以為然，明明她和我那麼要好，不、或許正因為我們很要好吧。

當我偷瞄著模特兒，陶醉在那頭金髮中時，雙手盤在胸前的麻由美對模特兒表現出比我更刻意的視若無睹。她強抓住我手臂，兀自快步向前走。一個典型攝影師模樣的男人大喊：「好，正式來！」另一個拿著銀色板子的弱不禁風年輕男人用力站穩腳步，像是怕被風吹走。

「那個攝影助理好像一輩子都會是人生的助理了呢，真可憐～」

麻由美像唱歌似的這麼說。

人生的助理又是什麼啦。

我和麻由美在一起時，偶爾會浮現那種心情。

不過，現在我們兩人剛從美容院出來。每次上美容院，我們都會精心打扮。

麻由美穿 agnès b. 的襯衫和 LEVI'S 的 501 牛仔褲，皮帶是麻由美的戀人阿隆從倫敦買給她的禮物。

不是我自豪，我連一條線頭都沒從男人手裡收到過。

麻由美真的很會穿衣服，表面上看起來隨性穿穿，似乎一點都不講求時尚，其實經過精心計算，讓人一眼就注意到她。沒化其他妝只擦口紅，要不是五官夠正，做這種事可是需要很大勇氣的。髮型是短鮑伯頭，瀏海往右邊梳，當她搖頭時，寬闊的額頭看上去非常聰明。不把那片聰明的寬額頭全部露出來也是一種時尚品味，再配上大圓銀耳環。全白的運動鞋看起來是便宜貨，購於下北澤的雜貨店。重點就是要營造那種廉價感。麻由美的眉毛濃密，腮幫子有點大。麻由美很介意人家說她腮幫子大，但我每次看到她在意這個都會略受打擊。很想問她，欸？妳介意的就只有這個？換成我這張臉，還真不知該從哪裡介意起才好。因為一旦開始介意就一發不可收拾了，就算交換眼睛和嘴巴的位置，大概也不會有人發現吧。麻由美身高一六六，腰線異常高，兩條腿就像拉長的香菸一樣直。

我今天也費盡心思打扮才來。媽媽的柔軟絲質米色長褲搭爸爸從夏威夷買回來的垂墜感白色薄紗襯衫，襯衫有點透膚。茶色綁帶涼鞋是阿健媽媽給我的，我很喜歡這雙義大利製涼鞋。小巧的手提包則是泰國製，形狀像編織提籃，不過還加了拉鍊，很可愛。

我的髮量異於常人的多，先稍微燙捲再綁成辮子，從脖子附近往上折，不知該說悲哀還是高興好，用來夾住髮辮的是奶奶年輕時用的玳瑁髮夾。每次我上美容院，媽媽都會說：

「這樣要七千？到底哪裡不一樣？就算特地跑到原宿弄頭髮，看起來還不是一樣。」

話雖如此，媽媽很喜歡看我打扮。而這令我感到悲哀。

「亞子，只要是為了妳，多少錢我都捨得花，嘻、嘻、嘻。」

每次她這麼笑，我都很受傷。

「妳可以不要笑那種嘻、嘻、嘻的聲音嗎？」

「可是，女人最重要就是長相啊，亞子真可愛，嘻、嘻、嘻。」

「也不想想是誰遺傳給我的，長這樣又不是我的錯。妳能不能負起責任啊。知道大家在學校是怎麼說的嗎？『就算不說，一看就知道誰是亞子的媽媽』。」

「就是啊。妳想聽聽我身為女人受苦受難的前半生嗎？女人最重要的就是長相了。」

「妳明明知道這一點，結婚的時候怎麼不多為後代想一想？為什麼要選擇爸爸啊，這麼一來不就雪上加霜了嗎？真不敢相信。我啊，絕對不會重蹈媽媽的覆轍。」

「不好意思喔，我這人重視的是愛。」

「妳知道嗎？我們全家出門時被人說是四胞胎唷。」

「為什麼都只遺傳缺點咧。不過戀愛是盲目的，所以亞子也不用擔心，對方會盲目到什麼都看不見，妳就趁機抓住他，剩下的技術，到時候媽媽會傳授給妳。」

我伴隨可憐的苦惱而生。但是話說先在前頭，媽媽生我只花了十五分鐘。那麼纖細的腰身，生小孩這件事對她來說卻是輕而易舉，還曾說出「生太郎時像大便，生亞子時像尿尿」這種話。所以生我這件事，對媽媽來說毫不苦惱。正確來說，像尿尿一樣誕生到這世上時，我也還沒開始苦惱。直到懂事之後，從鏡子裡和照片中看到自己的長相，我才開始心想「等一下，這是在開什麼玩笑」。

話說回來，儘管我帶著苦惱而生，卻活在充滿愛的環境中。比哥哥太郎晚兩年出生的我，就像媽媽、爸爸、爺爺和奶奶捧在手上的餡衣餅[1]，備受疼愛。

媽媽的妹妹小雅也是，一看到我就滿口「亞子、亞子」，對我上下其手。

小雅明明只是我阿姨，才一星期不見，隔天便跑來我家，門一開就喊著：「亞子──」抱起還在蹣跚學步的可愛的我，眼中浮現淚光說：「好想妳喔。」

奶奶是個編織狂，而且手藝好得嚇人，從我出生到現在，她不知道為我織了幾十件毛衣。有一張照片讓我看了很火大，那是御宮參[2]時的照片，可愛的我裹在白色毛線編織的花邊泡泡裡，一副快溺死的樣子。

可愛的我看起來完全是個羽二重餅[3]，令人懷疑是不是根本沒有眼睛鼻子嘴巴。就算稍微辨識得出眼睛鼻子嘴巴，那張臉還是像一塊羽二重餅在笑，超恐怖。沒錯，我長得雖然令人苦惱，卻總是在笑，自己都覺得不爽。有一張照片裡，**可愛的**我和阿健裸體蹲在海邊，屁股沾了一點沙子。**可愛的**我沒穿衣服，只戴了帽子。一頂小小的草帽，帽子上有一圈海豚圖案，是爸爸從舊金山買回來給我的。當時全日本戴這種可愛帽子的兩歲女童大概只有我吧。

我就這樣光著屁股對著鏡頭笑。

阿健和我同年，生日只差一個月。明明也是兩歲，他就一笑也不笑，狠狠瞪著

1．用紅豆泥裹起糯米團的日式點心。
2．帶新生兒到神社祈福參拜。
3．用蒸過的糯米粉加砂糖、麥芽糖揉成的日式點心，外觀如白色綢緞。

鏡頭。

阿健看起來更像個充滿苦惱的小孩。

阿健是我媽死黨的兒子，我們兩家人一年到頭玩在一起。拿出我小時候的照片來看，裡面總是有阿健。

小時候，阿健的媽媽抓著我，對媽媽說：「霞姊——這孩子送我吧。」就算是阿健家，聽到這種話，我還是哭了起來。

「誰教她太可愛了嘛。哎呀，哭起來了。這孩子就算哭都還是這麼可愛。她是真的在哭呢。」

說著，阿姨緊緊抱住我。我倒想問，有哪個孩子哭的時候不是真的哭呢。

我媽在這種時候的回應就很驚人。

「可不是嗎，要是美女的話，好好一張臉一哭就毀了，可是這孩子的臉打從一開始就毀了，從來沒好過。」

她竟然這麼說。

我這輩子都在和這樣的媽媽搏鬥。

然而，我也知道媽媽愛我愛進了骨子裡。

愛我愛進骨子裡的媽媽卻說我「打從一開始就毀了」，這實在太詭異，連阿健的媽媽鈴子阿姨也忍不住了。

「欸、亞子，妳媽好怪喔。」

這時，她又壓低聲音這麼對我說。

「虧妳還能這麼懂事地長大，要是我就學壞了。」

她這麼說。

「嘻、嘻、嘻，因為我覺得亞子是全世界最漂亮的人啊，對不對亞子？」

媽媽又補了一槍。

「阿姨，妳不覺得這個媽媽很過分嗎？」

我瞪著媽媽說。

「真的、真的啦，女人最重要就是長相。啊、不對，我原本是想講女人的長相不重要啦。原諒我吧，呵呵呵。」

她笑著這麼說。

我明明活得這麼苦惱，不知為何還有人說我家就像「四格漫畫」。那傢伙是太郎的家教老師篠原。篠原幫太郎上完課後，也沒人拜託他就直接說：「亞子，我們來上英文吧。」兀自幫我上起課來。

篠原跟我說話時，語氣和跟太郎說話時完全不同。對著太郎時是「這個剛才不是講過了嗎！把你那雙瞇瞇眼睜大點！」對我則是「亞子，這妳應該懂吧？」

我覺得滿噁心的。再說，我的成績比太郎好太多，根本不需要家教。太郎從幼稚園就是個招搖的野蠻人，媽媽和太郎一起外出時，要是不像耍猴人綁猴子那樣拿條繩子把太郎綁在胸前，一轉眼他就不見了。

媽媽看著太郎的成績單說：

「真奇怪，成績不該這麼好才對啊，成績單上的分數比考試分數高呢。這孩子應該可以靠討喜的本領過一輩子了。這說不定也是一種財產。」

媽媽一副很佩服的樣子。

去參加家長會時，被老師說：「只要太郎不在，教課進度就特別快。」或是「哎呀，雖然教這孩子很費事，但太郎不在時，整個班級都像垂頭喪氣的盆栽。」身為母親的她聽到這種話，好像也開心不起來。簡單來說，太郎就是個臭小鬼，只是不知為何大家都喜歡他。太郎真好，反正他是男生，不管臉長怎樣，人生也不會有太大損失。

「亞子，妳該慶幸哥哥不是美男子，否則妳這輩子就難受囉。幸好妳哥也是長那樣。」

媽媽指著太郎這麼說，一眼就能看出他倆是母子。

「開什麼玩笑，那我該如何是好？」

男老師都偏心太郎，而我可是廣受男女老師疼愛。

儘管我心中對容貌的苦惱與日俱增，活到現在倒也沒受過他人一絲惡意的對待。身邊總是有交不完的朋友，連那些朋友的媽媽們也「亞子」長「亞子」短的，對我很寵愛。老實說，我猜我這張臉讓其他人很放心。

從小我就學會「美麗的事物使人不安」的哲學。

讓我鼓起勇氣坦承吧。我個頭小，身材胖，整個人圓滾滾的，組成身體的所有部分都很小，皮膚又白。幼稚園時有個名叫友里的可愛女生，她問我：「亞子，妳會在家玩木芥子[4]嗎？」我一臉呆滯。

我從來沒看過木芥子。

哥哥太郎六年級時去東北旅行，買了一個小木芥子回來做記念。

我第一次看到木芥子時真是嚇了一大跳，因為長得跟我一模一樣。

木芥子很可愛。但是當你看到木芥子走來走去、講話和穿上 agnès b. 的衣服會怎麼想？

那時我說：「爸爸，這個木芥子是美女嗎？她長得好奇怪。」父親說：「美的基準會隨時代改變，以前這種長相是典型的美女啊。亞子妳要是生在平安時代，可就是大美人了。」

他這麼說。

「問題現在又不是平安時代。」

這麼說的我一陣悲從中來，忍不住哭了。

友里觀察得鞭辟入裡，小小年紀就有準確形容出我外表的能力。

哥哥太郎有個未婚妻。從他還是個臭小鬼時，情人節已收到不少巧克力。那時

4・源自日本東北地方的木製人偶，特徵是刻意放大的頭部，沒有四肢，五官只以簡單線條表示。

媽媽總是一邊咔吱咔吱咬著巧克力，一邊高興地說：「男人就是不用靠長相──」

哥哥的未婚妻是個大美女。

訂婚時，哥哥嘻皮笑臉地對我說：

「亞子，妳放心吧。這麼一來就能阻止佐佐木家的血統繼續傳下去了。將來我們家的子孫當然會是俊男美女。妳也要加油喔。」

然而，不管我高興還是難過，從誕生到下葬都只會是一個木芥子。噯、這真的不是在開玩笑嗎？每次照鏡子我都心想，如果這是場夢該有多好。

「媽媽，如果我是宮澤理惠，妳會覺得比較好嗎？」

「一點也不好。我會擔心得睡不著覺。我還是比較喜歡過安穩的生活。」

這是為人母親該說的話嗎。

阿健的媽媽來我們家，她說：

「亞子，不可以這麼說。妳是特別可愛的女生，千萬不能改變身上任何一個地方。我一看到亞子就會沒來由地開心起來，妳光是存在就讓我感到活著好幸福。像妳這樣的女生可是很難找到的。」

「但這樣我自己還是一點也不開心啊。我希望自己開心。」

「可是，亞子妳身邊不是金魚大便似的跟著一大群男生嗎？」

「我跟妳說，阿姨，那些男生全都有女朋友，他們誰也沒拿我當女人看，所以每個人都敢放心跟我做朋友。對男生來說只是『安全朋友』的女生豈不是很悲哀。」

「不、亞子，話不是這麼說。」

阿健的媽媽說得斬釘截鐵。

「男人都是笨蛋。再怎麼聰明的男人也還是笨蛋喔。他們不看女人的內在，光看外表就能發情。對方連自己內在如何都不知道就發情，這種事對女人來說一點也不光彩，隨時都可能釀成悲劇。哈哈哈，等那些男人發現時，一切已經來不及了，他們只能等著被蠢女人榨乾一輩子，後悔也沒用。」

這時媽媽又說了不該說的話。而且還壓低了聲音。

「噯，鈴子姊，我倒是想讓那些笨男人後悔。」

「妳閉嘴。」

鈴子阿姨不負所望地斥責了媽媽。

「亞子，我向妳保證，比起路上那些隨便的女生，妳更能抓到真正的好男人。我保證。」

「問題是，比起將來的保證，我更想要眼前的保證。」

阿姨笑出來。

「嗯——這樣講也是有道理。」

「跟妳說，我總覺得男生來我身邊時，走的入口好像跟去找其他女生時不一樣。」

鈴子阿姨又用斬釘截鐵的語氣說：

「走哪個入口都好，盡量讓男生進來。連入口都沒有的死板板笨女人隨便抓都一大把，這就是現代。亞子，妳千萬不能慌了手腳，不准加入那些笨女人的行列！」

鈴子阿姨激動起來了。鈴子阿姨動不動就亂用「笨蛋」這個詞彙，我是已經聽習慣了，剛認識的人對她的評價就很差。媽媽嘴巴雖然壞，個性倒是很謹慎，她太在意世人眼光，一路走來都活在普羅大眾的社會價值觀下。

正因如此，媽媽才能和爺爺奶奶住一起二十年吧。從來不跟他們吵架，扮演一個有禮貌的好媳婦。鈴子阿姨只和她婆婆住在一起九個月，就趁半夜穿睡衣爬窗離家出走，再也沒回去過。後來阿健的爸爸也離家出走，他們才生了阿健。

「不知道該說鈴子姊是大膽還是太極端。」

媽媽看似佩服，其實鈴子阿姨的行動她也未必全都贊成。

鈴子阿姨一直活得很極端。我忍不住揣想，如果她是自己的媽媽會怎樣。阿健有段時間學壞了，原因或許就出在鈴子阿姨的極端吧。

總之就是這樣，我活到現在始終都在和自己的苦惱及母親搏鬥。老實說，除了容貌之外，我沒什麼自卑的地方。不花太大力氣就考上第一志願的學校，也從沒為成績操心過。我喜歡設計，也很熱衷學業。這難道不能說是一種才能嗎？我們學校是個容易發現才能的學校。

男生們彼此之間毫不掩飾競爭心態，但是大家都跟我感情很好。作業來不及做時，有好幾個男性友人願意熬夜幫我完成，那種時候，大家一起在誰的租屋處過夜也不會發生任何踰矩的事。仔細想想，這或許都是因為我長了一張像木芥子的臉吧。所以，要是換成和宮澤理惠過一晚，男生之間的氣氛大概會變得殺氣騰騰，對象換成我就是一片和樂融融。

「喂、亞子，把妳那雙瞇瞇眼睜開！現在不是睡覺的時候。」

「笨蛋！我才沒睡著咧。」

「啊、因為妳眼睛實在太小了，還以為妳在睡覺呢。哎呀，不行不行，妳的畫筆沾太多顏料了。」

那種時候真的很開心。但是，開心的時光有時也會忽然中斷。

「啊，我要休息三小時，跟明美約會去。噯，可以借我兩千嗎？謝謝，在我回來之前要把背景塗好喔。」

說著，男性友人腳步匆匆地離開了。這種事經常發生，留下來的另一個男性友人說：

「喂，山口那傢伙看女人太沒眼光了吧。」

像這樣說著夾雜嫉妒的話。

「可是明美小姐很漂亮不是嗎？」

我總是忍不住把注意力放在女人漂不漂亮這點上，不過，一旦發現對方是美女，我立刻就會投降。

2

話說，我現在正走出美容院，和麻由美在表參道十字路口等紅綠燈。

麻由美看了看手錶說：「接下來要幹嘛？」我問：「阿隆呢？」她才說：「嗯，抱歉，我跟他約兩點在澀谷碰面。下次再跟妳約久一點喔。」

既然如此，又何必問「接下來要幹嘛」呢。雖然心裡這麼想，我這個木芥子臉上一定是笑容滿面。

「說不定又會吵架，晚上要打電話跟妳求助了。」

麻由美心已經飛走了。

「沒關係啦，我不是那種晚上不方便講電話的女人。妳快去吧。」

綠燈了，我推了推麻由美的肩膀。

這種時候，心裡總像忽然空出一大片原野，好想在上面四處徘徊。麻由美一邊過馬路一邊揮手，站在原野上的我也茫然揮手，覺得不知該往何處去的自己好丟臉。

這時，忽然有人抓住我的肩膀。

我嚇了一大跳，那是個長相神似尊龍的男人，貼在我身邊低聲說：「抱歉，別說話，看著前面走路。」他自己的視線一定也緊盯著前方。

「我等一下再解釋，抱歉。」

男人長得實在太英俊，我驚訝得失去了反應。

綁架？腦中閃過母親與父親的臉。不可能，我家雖然不窮，但也沒有錢到會被人盯上。

一走到斑馬線中間，尊龍快速親吻了我的額頭一下。

我差點貧血發作。大庭廣眾之下，還是大白天的。

我從來沒跟男人有過肉體接觸。

最後一次牽手的對象是阿健，約莫是小學三年級的時候。

貧血的腦袋依然無法思考。

尊龍微微一笑對我說：「笑一下。」他像是會腹語術，不開口就能說話。叫我笑？開什麼玩笑，我的臉這麼僵硬。

「對對對，就是這樣。」

就算臉再怎麼僵硬，身為木芥子的我看起來好像還是在笑。

男人用力摟住我的肩膀，過了斑馬線。

該如何是好。我像個上了發條的猴子玩偶，擺動喀答作響的雙腿。

就讓我老實說了吧。

要是對方不是尊龍，我早就大喊大叫了。肯定。

我畢竟是和那個媽媽一路鬥到今天的人。

突然被陌生男人在大白天裡摟住，光是這樣嚇不了我的。

讓我腿軟的，其實是男人的美貌。再加上落在額頭上那個吻。

如果來的是個矮胖小老頭，看我還不殺了他。

喀答喀答喀答，我難為情地邁開兩條硬梆梆的腿。

男人依然摟著我肩膀，在Colombin[1]前面停了下來，咧嘴一笑，走進店內。手始終摟著我的肩。喀答喀答喀答，我僵硬地跟進去。

男人非常溫柔地按住我的肩膀，把我推進窗邊座位的椅子上。

1・位於東京都澀谷區的甜點店，總店在銀座。

「拜託，別看窗外，看我就好。笑一下，對對對就是這樣，謝謝妳。」

我奮力睜大那雙小眼睛，表情看上去應該很驚恐，看在他眼中卻似乎還是在笑。

「手放在桌上。」

尊龍笑著這麼說。

帶著驚恐的表情，我把手放在桌上。尊龍雙手包覆我的手。

「請問要點什麼？」

服務生往桌邊一站。

說實話，當時的我滿心想對那個服務生喊：「看哪、看哪，怕了吧？」

「兩杯美式。」

尊龍看也不看服務生的臉，視線只對著我說：

「別看外面。有個女人站在那裡，她馬上就會走了。等到她離開就好，抱歉，就保持這樣別動。」

我一雙小眼睛迅速朝窗口一瞥。別看這雙眼睛小，視力可有一點五。

只瞥見一個高䠷的女人背影，很快就消失了。光看背影就知道是個美女。

不過，也不確定他說的到底是哪個女人。窗外不斷走過年輕的男男女女。

尊龍放開抓住我的手，雙手就這樣往下滑，頭也頹然低垂。

怒氣宛如德州油田噴發，從腹底翻湧而上。其實我沒看過德州油田，眼前浮現的是詹姆士狄恩的電影畫面。因為眼前的尊龍看起來像是忽然不開心的詹姆士狄恩。

我想站起來甩這男人巴掌。

但是，我同時也湧現了旺盛的好奇心。總覺得這時甩他巴掌的話，好像就損失了什麼。這可能是母親的遺傳，也可能是受到鈴子阿姨的影響。

無法停止對事物追根究柢的毛病。母親有時會不好意思地說：「哎呀，我真是太冒犯人了，嘻、嘻、嘻。」鈴子阿姨卻肯定會大喊：「神明藏在細節中。」

我毅然決然地開口。不管怎樣，反正我覺得自己是毅然決然的。

「請說明這是怎麼一回事。」

尊龍倏地抬起頭，大剌剌地盯著我。

「啊——抱歉。真的很不好意思。妳剛才本來要去哪是嗎？」

我只是在原野上摸索該去什麼地方而已。

「我當然有我要去的地方，不過，請你至少還是說明一下。」

「對不起，是我不好，我和女人分不了手，起了一點糾紛。」

「那跟我有什麼關係？」

「我跟對方說自己有其他喜歡的女生了，是隨口胡扯的。可是，女人這種生物就是直覺特別發達嘛。已經拖拖拉拉了三個月還是分不了手，所以今天我就說已經有人在等我了，結果她說要親眼看到才相信。事情有時憑的就是一個衝動吧，無可奈何的我只好往十字路口方向走，正好看到妳和朋友道別之後站在那裡。然後，妳轉過頭對我笑了。」

「我才沒有笑。」

「不、妳看起來像在笑啊。」

「我的臉就長這個樣子。」

「是嗎？不管怎麼說我都不該這麼做，對不起。」

「失禮也該有限度吧，你最好給我個交代喔。」

尊龍笑出來。

「妳怎麼會知道『給個交代』這種話啦，難道妳家是黑道？」

「你這人愈來愈失禮了。我可是出身正經中產階級家庭的規矩女孩。」

我連不該說的話都說了。

「規矩女孩又是什麼？」

「就是規規矩矩的女孩兒。」

我還想在規矩前面加上「清純」兩字呢。

「這個我很清楚喔，從妳站在十字路口笑的時候就知道了。」

「我才沒笑。」

這麼說的我卻笑了。

「真的耶，這麼一笑，妳才真的笑了。」

這個解釋令人悲哀。

我又笑了。

尊龍也笑了。我是否將原諒這個美男子。

「你是不良份子吧。」

「我？不良？才不是呢，我很普通咧。」

「可是你不是跟女生到處玩嗎？」

「這很普通吧？我二十一歲耶，要是身邊沒有女人豈不成了悲哀的青春時代？」

我現在就正過著你所說的悲哀青春時代喔。

「如果我是不良份子，應該會做得更好才對。」

「什麼意思？啊、跟我無關就是了。」

服務生粗魯地把兩杯咖啡放在桌上。

「我曾是個受壓抑的不幸少年喔。從少年時代就以考上東大為目標，骨子裡是很老實的。」

「關我屁事。」

「不是，我以前真的很老實。勤奮上補習班，心無旁騖用功念書。讀書這件事其實啊，是個還滿深奧的世界啦，當時女生對我來說就像活在同一個世界的火星人，即使看到了……就像食堂擺出的炸蝦飯模型，放在那裡也不會想去吃。

即使如此，中學時代的發情期還是很悲慘。走在路上，對面有女生走過來時，不管對方長得多醜，我仍是一股氣血衝上腦門，差點就要昏倒了咧。就算這樣，食堂裡的模型還是食堂裡的模型，這就是我的青春時代。」

和我家太郎哥哥完全不同。哥哥在棉被底下鋪滿整床的色情書刊，有時媽媽會把那些書從窗口嘩啦嘩啦丟下去。爺爺一邊說：「這什麼？」一邊在院子裡撿書。爺爺把那些書撿起來，自己偷偷躲起來看。就算篠原沒說，我家確實就是個四格漫畫。

「總之可喜可賀地考上了大學。一般人看到榜單上自己的號碼時，理當是跳起來大喊『太好了』吧？妳猜我喊的是什麼？我喊的是『可以做了』，啊、忘了妳是規矩女孩。」

「沒關係，我的耳朵已經是大嬸了。」

「我啊，上了大學就像飛上雲端，一心想著『可以做了、可以做了』。」

「原來東大生的五月病是這樣的啊？」

「以我的情況來說是這樣啊。結果反而不知該吃什麼才好，吃碗裡看碗外的結果，對誰都出不了手。因為太用力，導致失去判斷能力。於是我給自己制定了方針，不管是誰，只要送上門來就吃。」

「討厭，好髒喔。」

這個美男子走的是很不得了的入口啊。

「什麼髒，男人都是這樣的啦。大家只是不說而已。」

「你跟誰都說這種話嗎？我的意思是指，你跟什麼女人都這麼說話嗎？」

尊龍盤起雙手，思考了一下。

「倒也不是這樣。平時應該會稍微耍帥裝一下吧。不、應該說做任何事都會裝一下。」

「那為什麼要跟我說這些。」

這麼問的當下，我已心知肚明。都怪我是個給人帶來某種安心感，讓人失去戒心的木芥子。

「不管怎麼說，我做這種事確實給妳添了麻煩，所以才想盡可能對妳誠實，算是一種誠意的表現吧。我是這樣想的啦。」

我說，你這叫做誠實的誠意？少天真了啦。所謂誠實往往都很殘忍。

「然後呢？」

「這次吃了送上門來的東西，結果拉肚子了。」

「在這之前，你的胃還真強壯。」

「嗯，可能只是運氣好也說不定。」

「什麼運氣？」

「不要這樣咄咄逼人嘛。老實說，我就是運氣好才能跟女人上床。啊，抱歉。

可是，我就是想上床而已呀。還以為對方也一樣這麼想，結果女人想的好像不一樣，漸漸明白這點後，麻煩事愈來愈多。因為做完之後，我都覺得很爽啊。老實說，做完就不需要對方了。可是女人就不一樣了，她們老是注重什麼程序啦，事後的服務啦。然後，爽完之後就開始覺得寂寞了。等發現不對勁時已經太遲，事情一團混亂，談分手也談不下去。」

清純的我忽然像是被上了一堂震撼教育課。連我那三流大學的哥哥都比這傢伙像樣。絕對。因為哥哥只會跟喜歡的女生上床。我不清楚啦，但應該是這樣沒錯。

「亞子，我跟妳說，處女雖然不是那麼重要，但千萬不能跟不喜歡的傢伙上床喔。無論妳或對方都一樣。到時候我會幫妳鑑定的。」

「為何我非得特地讓哥哥鑑定自己的對象不可啊，你少多管閒事。」

話是這麼說，小時候哥哥雖然會欺負我或弄哭我，有一次我跟阿健吵架吵到哭，哥哥忽然跑來狠揍了阿健一頓。

其實是我先踩壞阿健的超人七號，但原因是什麼一點也不重要。對哥哥來說，只要是弄哭了我的人，無論是誰，無論原因是什麼，他都會給對方好看。哥哥這種人的構造就是這樣。我莫名感傷起來。自從哥哥去大阪工作後，已經好幾個月沒看到他了，忽然覺得好想他。

眼前的尊龍實在是個下流胚子。然而，誠實或許真是一種美德。

「可是。」

尊龍還是個話很多的男人。

「我最近常想，自己終究是沒擁有正常少年時代的人。突然要我去喜歡女人，我也不知道該怎麼喜歡。路上隨便抓個不良少年來，搞不好還比我懂怎麼交朋友。雖說在補習班和學校裡也算與人有所往來，怎麼說呢，那都只是配合場面敷衍，玩笑話什麼的我也很能接受啊，只是，就覺得繼續哈拉下去又太遜了。妳難道不是這樣嗎？妳還是學生吧？」

「每個人狀況不一樣。朋友裡有你說的這種人，也有不是這樣的人。男人女人都一樣。」

「欸，是喔？」

「託您的福，畢竟我讀的不是東大。」

「又不是因為東大才這樣，沒擁有正常少年時代的傢伙多得是咧。妳有沒有男朋友？」

他戳中了我的阿基里斯腱。

「這要看男朋友的定義是什麼。」

我有點退縮了。

「男朋友就是男朋友吧。」

我不想在這種時候講些「任憑想像」之類的話打迷糊仗。我覺得這樣做很沒品。不但狡猾，好像還毫不掩飾女人的媚態。我的膽子忽然大起來，反正這男人是個連名字也不知道的陌生人，之後也不會再見第二次面了吧。這麼一想，話就從嘴裡滑溜溜地吐出來了。

「你說的是有上床的男朋友？」

「沒想到妳臉長這樣，講話還挺不含蓄的呢。」

什麼叫臉長這樣？

「那你開口閉口『想做』就很含蓄了嗎？」

「不好意思，我是不含蓄。」

「我很親近的對象裡有年紀大的人，某些事在那方面可能一直不太含蓄吧。」

我可能太習慣媽媽和鈴子阿姨那種毫不掩飾的說話方式了。

「咦？難道妳正在和中年大叔搞不倫嗎？」

我真想朝他頭上潑水。

「不是說了嗎？我是規規矩矩的女孩兒。」

「對啊，正因為這樣啊，我說的就是特定的『什麼』啊。」

「啊？你是說固定的交往對象？」

「對。」

「我也正在二十一歲的青春年華中，要是沒有的話豈不是太寂寞的青春了？」

「說的也是。何況妳長得非常可愛嘛。」

咦？他剛才說了什麼？非常可愛？我心想，你再說一次。

尊龍剛才說「妳長得非常可愛」的語氣跟學校裡那些有女朋友的男性友人說「可愛的亞子美眉，請把妳的小眼睛睜開」時，語氣完全不同。

老實說我真的超開心，差點忘了自己正在說謊的事。

他那句話的語氣從頭到尾沒有一絲虛偽。誠實果然是美德。老實就是誠實。

「那我已經派不上用場了嗎？可以回去了嗎？」

我有點不想回去了。

「那個，我看我們也是有緣，想順便拜託妳一件事。當然，我知道這麼說很厚臉皮，也很清楚沒道理拜託妳這種事。但是，假的也沒關係，能不能再請妳協助一下下，再一次就好，扮演我喜歡的女生可以嗎？」

欸？還有這種事？我心想，你這傢伙太卑鄙了喔。

「你去外面隨便找個人就好了啊，親戚或青梅竹馬之類的，或是學校裡的同班同學。」

「不曾擁有正常少年時代的人的特徵就是人脈不足啊。說來丟臉，我都不知道自己至今的人生到底算什麼了。不過，妳看起來很聰明，比起隨便找的傢伙好像可靠多了。」

他為什麼這麼信任今天才剛認識的我呢。可悲的是，我知道為什麼，因為我長了一張木芥子的臉。

像個對任何人都不帶惡意的木芥子，這就是我。比起令人不安的美女，絲毫不會帶給別人不安的我，到底算什麼？

戀愛肯定始於不安。說真的，我意氣消沉了。

「說不定會害妳被戀人誤會，或是給妳帶來什麼困擾，到時就由我出面好好解釋。」

開、開什麼玩笑，真的那樣我才傷腦筋。只有藝術家才能從無到有創造出什麼來。這個世界之所以是這個世界，就是因為沒辦法像畫一幅畫那樣創造出一個戀人啊，不是嗎。

哥哥就不會做這麼丟臉的事。我是不太清楚啦，但哥哥不但擁有少年時代，還應該過得相當多采多姿。那個一年到頭身上都是傷，說到去醫院只會掛外科的哥哥當然不會有人脈不足這種事，在那之前，他的精神構造一定也比眼前這男人健全多了。

就算拿阿健來比，即使是曾一時誤入歧途的阿健也不會做這麼丟臉又窩囊的事。

正因阿健曾誤入歧途，他做什麼都光明正大。

當阿健染髮，組樂團唱難聽得要死的歌或被老師惡整的時候，尊龍大概是被老師和父母捧在掌心的天之驕子吧。

這種話說來實在不太愉快，但我還是對尊龍說了「好吧，如果只有一次的話」。

小家子氣到不行的尊龍提出的要求是這樣的。

只要剛才看到我和他在一起的那個女人今天內沒打電話來，我就什麼都不用做。

要是她繼續死纏爛打，我就要陪尊龍去見她，尊龍會向她介紹我是他的「正式女友」。

我什麼都不用說，只要站在那裡就好。

她一定會相信。因為……啊、這種話從我自己嘴裡說出來真是太痛苦了，實在難以啟齒。不過，女人最重要的就是膽量。可憐的我除了討喜之外也很有膽量，所以我說，因為女人對外表都會抱持競爭態度，但是我有自信，她看到我時絕對不會產生這種競爭心——沒錯。

遇到我算你運氣非常好。

我打從心底輕視尊龍。

也打從心底深深受傷。

然而，我仍願意為這沒用的尊龍做點什麼。

自己受的傷自己醫。從小我就知道，考驗和苦惱是成套出現在生命中的東西。

我把自己的電話號碼告訴尊龍，也報上姓名。在那之前尊龍先自我介紹了。

澤野正則。東大法學部。家住世田谷區赤堤××—○○—△△，父親是律師，他是獨生子。

3

這件倒楣的事我無法告訴任何人。

有兩三天的時間，我陷入憂鬱。

麻由美每晚打電話來向我抱怨阿隆的自私。我從一開始就不喜歡阿隆，只因為他是麻由美的戀人，我也不好把自己的想法說得太白。

有一次，聽了麻由美的抱怨，我忍不住說出實話，她竟然當場掛我電話。沒有男朋友的我為何非得聽別人說她男友的壞話不可。

到最後還發我脾氣，這樣我實在很划不來。麻由美是個美女，光這點就讓身為她死黨的我每天都過得很難受了。

「那是因為他愛麻由美吧？束縛就是一種愛啊。」

我一如往常這麼說。

「那只是單純的嫉妒。」

她一如往常這麼說。

「哎呀，我也好想有誰來束縛我喔。啊——真想被緊緊捆綁。」

「亞子，妳該不會有ＳＭ嗜好吧？」

竟然對清純的我說這種話。我連自己有沒有ＳＭ嗜好或搞不好根本是女同志都不確定。我什麼都不知道，是個純潔如白紙的處女。

老實說，現在的時代處女甚至是恥辱了。也可以說是沉重的負擔。

上次我和媽媽一起做了茶碗蒸。媽媽在旁指導，幾乎是我一個人動手做的。爸爸從櫻上水[1]打電話回來時，我正好把蛋汁放進蒸籠。爸爸令人佩服的一點是，一在櫻上水下車就會先打電話回家。

難以置信，不，或許可以置信啦，我爸媽感情很好。

他們完全不是俊男美女，只是普通中年男女，但感情一直一直都很好。

「我看你們兩個，要是彼此被對方拋棄的話，應該再也找不到能取代對方的人了吧，哼。」

曾幾何時，我這樣對他們說過。

爸爸在玄關說：「媽媽，我回來了，我不在家妳很寂寞吧？哈哈哈。」媽媽聽了立刻回答：「真的，還以為你不回來了呢，嘻、嘻、嘻。」我在一旁看著真是覺得蠢死了。

1．日本東京都世田谷區地名，也是車站名。

爸爸會對臭小鬼太郎怒吼，也會和他扭打在一起，卻連一次也沒有對媽媽大聲說話。

儘管媽媽有時也會兀自生氣，或是不理爸爸，那種時候，爸爸就默默看他的報紙，或是去地下室。爸爸是個唱片阿宅，地下室有一間他專用的房間。每個人進入那間房間都會發出驚嘆。唱片數量驚人，最近還加入了CD，也有滿滿的錄影帶。爸爸總是在那裡埋頭整理他的收藏品。

媽媽對鈴子阿姨說：「那個人只要有收藏品就好，他就只是搜集而已。」不過，爸爸的朋友都很羨慕他。

「哪像我，回到家連自己的空間都沒有。佐佐木兄真幸福啊。」被人家這麼一說，爸爸笑得整張臉都皺起來，鼻孔收縮，露出得意洋洋的表情：「沒有啦，沒什麼大不了的。」說這話的時候，他一定會偷看媽媽。媽媽也顯得滿開心的說：「他只是不想看到老婆的臉罷了，」接著又說了句多餘的「畢竟我不是像尊夫人那樣的美女啊。」聽到媽媽說這話，客人瞬間為之語塞。

人在面對真實時往往容易語塞。媽媽真的很不安好心。

說回茶碗蒸，爸爸走進玄關時剛好蒸好。我趁爸爸洗手時加上切碎的柚子，再將茶碗蒸端上桌。

「爸爸，今天的茶碗蒸是我做的喔，噹噹，我的處女作。」

一旁的媽媽立刻說：

「處女做的名符其實處女作，嘻、嘻、嘻。」

他們兩人咧嘴大笑，這種時候我總會冒出一個念頭。其實爸爸和媽媽希望我永遠是個處女也說不定，因為他們看起來是那麼開心。

然而，我依然是個……簡單來說，就是沒有戀人的，可憐又令人安心的女孩。

麻由美說：

「噯、亞子，我想和阿隆分手，妳覺得如何？」

「我才不管你們呢。你們已經分手三次了吧？真是夠了，每次我都認真替妳煩惱，結果呢？你們馬上又黏在一起了。隨便妳啦。」

「亞子，我們才沒有黏在一起，那樣聽起來好髒喔，要說就說『膩』在一起好嗎？」

「不，你們就是黏在一起。」

「討厭啦。最後阿隆還是講得不乾不脆，算了，其實也就只有這樣啦。我問妳，作業做得如何了？」

「做了一次，完全不行，所以現在正在重做。妳看到了嗎？吉田的作品，超讚的啦。要是沒看到那個，我早就把第一次做的交出去了。太不甘心了嘛。」

「亞子妳好有志氣喔。沒辦法，只好去哄阿隆開心，讓他來幫忙囉。」

麻由美雖然是我的死黨，我卻不太喜歡她這種地方。

有時我會被一陣恐懼襲擊，擔心自己是否永遠交不到男朋友，最後成為一個不折不扣的女強人。或許是那種潛在的恐懼促使我產生了麻由美口中的志氣。事實上，做作品時我總是感覺非常充實。偶爾完成作品後，半夜裡什麼的，我會滿意地望著作品發呆，全身湧現滿滿「活著真好」的心情。那種時候也會心想，談不談戀愛不重要，為工作而活也沒什麼不好。但或許只是因為我從來沒談過戀愛才會這麼想吧。老實說。就算只是從路上隨便抓個超級土包子在一起，說不定就能卸下肩上的重擔了吧。雖然我這麼想，但也不是真心這麼認為。

最後，麻由美開始滔滔不絕地說起旅行用手提包的事，她說現在Louis Vuitton已經退流行，是不是該換個新牌子了。

用生命追求時尚的麻由美，對這種事充滿熱情。

我現在用的手提包是爸爸的爺爺以前用過的，是個很有威嚴的真皮提包。聽說是曾祖父從前在上海買的，這種古董包和任何打扮都很搭，我很中意。

我跟不太上麻由美的熱情。和她沒完沒了地講著長電話時，一旁的母親丟下一句「要是妳煲電話粥的對象是男人有多好——」，就去上廁所了。

在我完全忘記那件事時，有天母親用高亢的聲音喊：「亞子——妳、的、電、話。」

那是星期天的上午，我還穿著睡衣躺在床上滾來滾去。

一走到客廳，媽媽便驚慌地對我說：「男的，是男的。」

「妳在緊張什麼啦，就算是我也有朋友好嗎。」

「不是、不是，感覺不像妳那些朋友。」

這麼說著，她卻緊抓話筒，不肯交給我。

「拿來啦。」

我相當粗魯地從媽媽手中搶下話筒。

「喂？」

我這麼說。

「啊、是我，澤野。上次真是非常感謝妳。」

是尊龍。

媽媽眼睛睜得跟盤子一樣大，緊靠在我身邊。

我說「請等一下」，把電話切換到子機，邊走邊說：「不好意思，讓你久等了，」

走進自己房間，關上房門。

媽媽這傢伙，竟然跟到房門口。

「啊、現在方便說話嗎？」

「可以。」

「那個……今天下午妳有空嗎？」

星期天也整天有空的規矩女孩就是我。

「還是搞砸了嗎？我都快忘記這件事了。」

「嗯、抱歉，我也以為已經沒問題了，沒想到她昨晚忽然又打電話來糾纏不清，一直說我騙她。我是騙了她沒錯啦。亞子小姐，啊，我可以叫妳亞子小姐嗎？」

「可以是可以。」

「今天五點，妳能不能來新宿中村屋地下一樓的咖啡店一趟？」

「非去不可嗎？」

你也站在我的立場想想看。

「……」

一時無言。

「……我只要像個笨蛋一樣待在那裡就好？」

「對對對。」

「……那個女人該不會拿刀刺殺我吧？」

「世界上不會有任何人拿刀刺殺妳。」

「這話什麼意思？」

「意思就是妳非常可愛啊。散發令人喪失敵意的氛圍。這點我可以保證。我運氣真的很好。」

我可是倒楣死了，一點也不幸運。

不過，一方面想看看那女人長什麼樣子，一方面覺得別人的事也可以當好戲看，雖然不是什麼令人愉快的劇情就是了。再說，這件事與我無關。尊龍和她是當事人，情緒或許會激動起來，但我只是觀眾。

「那我知道了。」

「謝謝，真是謝謝妳。」

真是的，家教良好的少爺除了直率之外也沒別的優點了。真傷腦筋。

我走出房間，媽媽說：

「噯、是誰？誰打來的？」

說著，露出毫不掩飾好奇心的表情跟在我身後。

「媽媽，妳冒犯到我了。」

「嗯……聽電話裡那種說話的口氣，應該不是妳學校裡的朋友。聽起來是偏差值很高的聲音。」

步入中年的女人直覺可比五寸釘。

「妳很囉唆。」

我直接穿著睡衣，站在附有蓮蓬頭的洗手台邊洗頭。

從奶奶家搬來這個新家後，最開心的事就是有這個洗手台，因為我頭髮很多，這樣洗真的輕鬆多了。

頭上包著毛巾，披上和睡衣成套的條紋睡袍，將法國麵包切成薄片送進烤箱。冰箱裡還剩下一點昨晚爸爸配葡萄酒吃的鵝肝醬。也沖了咖啡。

「要是我把鵝肝醬吃掉，爸爸會生氣嗎？」

「不會生氣啦。我會跟他說那東西打從一開始就不存在。噯、妳是不是要去約會？」

媽媽興奮異常。

我坐在餐桌邊，把鵝肝醬塗在麵包上慢慢吃。

媽媽從冰箱裡拿出水芹沙拉，一下站一下坐。

「媽，妳這樣很難看。」

「可是，這一定是約會吧，畢竟妳還洗了頭。」

「只是洗個頭罷了，每個人都會洗頭吧。警告妳，我可是隨時都可能變壞喔。」

「是是是，我知道了啦。」

我一邊看塔摩利主持的「笑笑也可以週日版」，一邊慢條斯理吹頭髮。

要是平常，媽媽會抱怨吹風機聲音蓋過電視音量，二話不說就把電視關掉。可是今天她自己也跑去洗了頭髮，在我身旁坐下來吹。

母女倆一起吹頭髮，真是莫名其妙的光景。媽媽用的是旅行用吹風機。

「妳也要去約會嗎？」

我這麼怒吼。

「算是吧。我要去伊勢丹買太郎的襯衫和內褲那些的。」

伊勢丹？這下可糟糕了，絕對得阻止她才行。媽媽有時會去中村屋樓下的咖啡店休息，尤其是從伊勢丹回家的路上。

「媽，哥已經出社會了喔，至少內褲讓他自己去買吧。再說，搞不好女友已經買給他了。媽一直這樣放不開哥哥的話，人家還以為他有戀母情結呢。妳這樣算是惡婆婆嘴臉了喔。」

我這麼講給她聽。

「是喔。」媽媽關掉並盯著吹風機看。「說得也是，說不定會被媳婦討厭。」

「雖然對方還不是媳婦，如果我是哥哥，一定不喜歡妳買內褲送去。我們家爸爸還不是自己買自己的內褲？」

「那是因為妳爸特愛購物啊。」

「不如你們倆去逛個美術館？」

我拚了老命。總之得阻止她去新宿。

這時，爸爸從地下室上來了，我便關掉電視。

「亞子，妳要上哪去嗎？」

「她就是要上『哪』去喔。」

媽媽一臉得意地跟爸爸說了電話的事。

即使如此，我還在拚命思考要穿什麼去。

按照我的預測，尊龍的女朋友應該是個千金小姐，或是以成為千金為目標的小姐。

我決定穿媽媽最討厭的那條破破爛爛牛仔褲。牛仔褲在屁股位置破了個洞，我在裡面穿上黑底白點的男用四角內褲，上半身則是費了好一番工夫才找到的同花色襯衫，搭配白色的帆布鞋，不綁鞋帶。

要從屁股位置的褲子破洞中露出和襯衫相同花色的圖案可不簡單。

頭髮沒有梳高，只在後腦紮成一把馬尾。

4

四點左右，我帶著這身打扮從房間出來。

「亞子，那件牛仔褲實在太糟了，去換掉吧。」

「沒關係啦。」

「可是，萬一因為這樣被人認為我們家很窮就划不來了喔。」

媽不說我還沒發現，要是看起來很窮，不就幾乎完美符合尊龍那傢伙的期待了嗎？

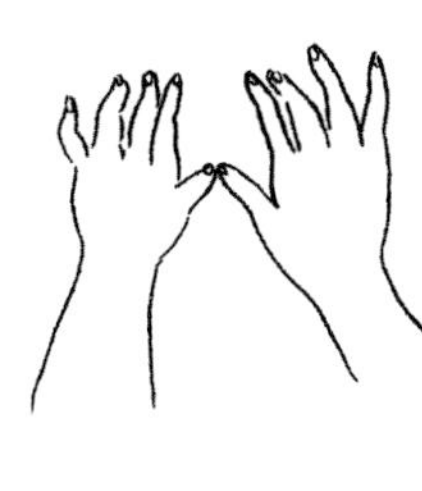

話說回來，這是時尚穿搭，看得懂的人就知道不是因為家裡窮。

我只重新擦了指甲油，擦成漂亮的亮面淡粉紅色。手是我最自豪的地方，對指甲尤其滿意。

尊龍從上到下打量我全身。

「讀美術的果然不一樣。我們學校就沒有像妳這樣的女生。我運氣真好，能擁有這麼新鮮的體驗。」

「你現在是講這種悠哉話的時候嗎？」

「不是啊，昨天晚上還真的沒睡好。」

「那我就放心了。」

這時，像吹來一陣清爽涼風似的出現了一個女人。

三十歲左右，對，看起來就像新聞主播一樣的人。最重要的是她給人成熟知性的印象，清潔感中帶有性感。

這個人一看到我就微微一笑。

「正則，我可以坐下來嗎？」

「請坐。」

尊龍正則的表情不由得僵硬起來。

女人從看似昂貴的凱莉包裡拿出香菸，動作從容不迫。

再拿出銀色的小打火機，將捲得細長的外國牌子香菸點上火，輕輕吞雲吐霧。

「原來如此。」

女人把下巴擱在拿菸的手上，用直截了當得過了頭的眼神盯著我看。

接著，她靠上椅背，雙手環抱在胸口。

「這樣是無法分出勝負的。」

女人那形狀美好，擦著漂亮深玫瑰色口紅的嘴角微微上揚，露出微笑。

「別誤會喔，我的意思是我們根本無法站上同一個擂台。」

嗯，確實可以這麼說。

「是不是？這樣無法公平競爭啊。重量級的選手和輕量級的選手怎能站上同一個擂台，這是違反規定的事。雖然不甘心，但你們很相配喔，正則。」

尊龍正則瞪了女人一眼。

「我最討厭妳這種地方。」

「我知道啊。不過，我們的關係和喜歡或討厭無關吧？說來就只是最佳砲友而已嘛。」

等一下，我可還是處女啊。再說，這跟之前尊龍正則講的不太一樣喔。完全相反了不是嗎。

「可是，我還有點捨不得呢。捨不得你的美貌和青春。真的很美，你的一切。哎呀，我指的單純只是肉體上的意思喔。」

我開始有點想吐了。

「我喜歡的是這個女生，和性愛無關，就是喜歡她。就算是我也會想談正常的戀愛啊。」

不知為何，他講得跟真的一樣，還帶著一股無路可退的決絕。但總覺得整個氣氛好像二十年前的青春電影，這樣豈不是更可疑了嗎。

「我明白、我明白。沒有人會介入你們喔，正則，你就去談你的戀愛就好。和這個可愛的小姐談戀愛吧。她真的很可愛呢。」

女人姿態高高在上，彷彿站在天皇陛下的御高台。

「妳叫什麼名字？」

「亞子。」

我回答。

「亞子啊，好可愛的名字。」

這下已經是從艾菲爾鐵塔頂上做出的發言了。

「我說亞子，我不需要妳男朋友的心，但妳能不能把這美麗的肉體再借給我一陣子呢？」

我真的要吐了喔！

「才不要呢。我的身體是我自己的東西。妳不是馴象師，我也不是象。竟然對她做出這麼齷齪的提議。妳應該知道我喜歡的是她吧，請妳理解。」

「是嗎。那可真遺憾，非常遺憾。」

女人捻熄香菸。

然後再度微微一笑，望向尊龍正則與我。

「就讓我為你們的純愛獻上祝福吧。」

接著，她不客氣地盯著我。

「妳的長相真是不可思議。稱不上是美女，但我也是第一次看到像妳這麼不可思議的可愛女孩。真是個奇怪的孩子。」

我生氣了。對這女人生氣，也對尊龍正則生氣。

「我要回去了。」

尊龍正則抓住我的手：「等等。」

「哎呀，真抱歉。該退場的人是我。我知道，我很清楚。正則，不過這段日子很開心喔，謝謝你。」

女人輕巧地伸手抓起帳單起身走開。走沒幾步又停下來，對我揮揮手。

她穿著剪裁良好的灰色套裝，露出纖細的腳踝。那完美的背影其實看起來很寂寞。我現在的感覺，就像被一把不夠鋒利的刀子切入心臟。

我一直凝視女人，直到她走出店外，消失在門後。

這時，耳邊傳來奇怪的呼嚕呼嚕聲。

尊龍正則竟然把臉埋在雙手裡哭起來了。

無奈之餘，我只能默默靜待。從提袋裡拿出舒潔面紙，拿給尊龍正則。

尊龍正則呼嚕呼嚕地擤了鼻子，又用揉成一團的舒潔面紙擦眼睛，擦得睫毛似乎都要啪吱啪吱折斷了。我一陣佩服。

這傢伙連哭起來都很美。

接著，他一邊流鼻水一邊說「抱歉」。

老實說，我恨不得馬上跟尊龍正則說再見。

「不要丟下我一個人好嗎？再陪我一下。」

「才不要。」

我說。

我站起來。尊龍正則的眼神像隻被責罵的小狗。

我邁開腳步。就在這時，結帳櫃台旁的粉紅公用電話映入眼簾。

我打了電話給阿健。

「唔——」

是阿健的聲音。

原來他在睡覺啊。

「是我，亞子。」

「幹嘛？」

「有事拜託你。」

「什麼事？」

「有個男人想借放你那邊一下。」

「為什麼？」

「沒為什麼。」

「什麼時候。」

「現在。」

沉默了一會兒。

「亞子，妳該不會交男朋友了吧？」

阿健似乎在剛才的沉默中清醒了。

「不是那樣啦。」

「那傢伙是幹嘛的？跟妳什麼關係？」

「其實就是一點關係也沒有。」

「是喔——」

「怎樣，可以吧？」

「喔——」

「反正小惠小姐去了加拿大不是嗎？阿健那裡沒什麼不方便的吧。」

「妳這女人也真任性，長那張臉還敢這樣。」

阿健數落我長相的次數僅次於媽媽。「習慣」這檔事，說來還真可怕。

「那我一小時之後到。」

「喔——」

「還有，想再拜託你一件事。因為是阿健我才會拜託，應該說，也只能拜託阿健了，是這樣的……」

「有話就直說吧。」

「是這樣的，請你讓那男人以為你是我男友。」

「我？妳男友？」

「我知道。一天就好，之後絕對不會給你添麻煩。等小惠小姐回來之後，我也會好好跟她說明的。」

「我？妳男友？」

「嗯。」

「我是妳男友？」

「你煩不煩啦。只要一天，讓那男的這麼認為就好。又不是要你開記者會昭告天下，也不會上《女性 7》週刊啦。」

「聽起來好像很有趣嘛。所以我是要當著那男的面把妳推倒嗎？」

「阿健。」

「喔——」

「阿健你什麼話都不用說，只要像平常一樣待在那裡就好。」

「難得假扮成男朋友，什麼都不做不是太可惜了嗎。」

唉，早知道就拜託學校裡其他男性友人。不行不行，那這件事就會被大家知道了。老實說，我在學校裡也有兩三個欣賞的男生，他們現在雖然都有女朋友，這個市場我還是想保留下來的。就算是我也會耍這種心機啊。能拜託的人只有阿健了。

再者，鈴子阿姨離婚後轟轟烈烈談起戀愛來時，阿健就離開家自己住了。

「還有，這件事也要瞞著鈴子阿姨喔。」

「妳還敢跟我開條件喔。」

「那就這樣囉。」

我再次回到尊龍正則身邊。

「走吧。」

他露出大海中橡膠救生艇上的人看到救援直昇機到來時的表情。

尊龍正則低下頭，跟在我身後。

5

我和尊龍正則一句話也沒交談，轉乘電車來到護國寺。

至今我仍不明白，看到那具粉紅色的公用電話時，為什麼會不假思索打給阿健。

那時我總覺得尊龍正則處於一種非常危險的境界，好像正打算做出什麼錯事。若說我不是上帝，沒資格講別人正要犯錯的話，或許可以說他像是失去了某種地基一般的基準吧。就像一片漂浮水面，隨波逐流的葉子。

其實，放著別管他不就好了嗎。
不知為何，我就是放不下他。
我按了位於腳踏車行樓上的阿健家門鈴。
明知阿健不會鎖門。
阿健穿著白色 T 恤和四角褲出來應門。
看到尊龍正則，阿健露出今天直到此刻才醒來的表情。
無論是誰看到尊龍正則，大概都會睜大雙眼吧。
「啊。」
阿健那張大臉往外伸。
「午安。」
家教良好的尊龍正則連這種時候也很有禮貌，對他而言，那就像是某種反射。
這種時候，我確實很想看看他爸媽長什麼樣。

他爽朗又中規中矩地低下頭打了招呼。

「啊。」

阿健再次探出頭。

「進來吧。」

裸著一雙毛毛腿，阿健穿過廚房，走進裡面的四坪大房間。

我在堆滿報紙和垃圾袋的狹窄玄關脫下鞋子。尊龍正則找不到放鞋子的空間了。

尊龍正則雙手提著自己的鞋子走進廚房。

接著，東張西望的他朝敞開的浴室門望去。

「請問……鞋子可以放在這裡嗎？」

他這麼說。

阿健隨性地回了「嗯」，拿起丟在地上的褲子，把腳套進去。

「阿健，這位是澤野正則。澤野，他是阿健。」

阿健只「唔」了一聲。

「幸會幸會，請多指教，敝姓澤野，就讀東大法學部。」

阿健瞬間露出嫌惡的表情。

好一陣子沒來，阿健的房間還是那個樣子。

烏龍茶的瓶子啦，Early Times 的空瓶啦，就那樣滿地亂滾。還有漫畫雜誌和汽車相關的書。在這個房間裡，撿不到一絲名為家教的碎片。

阿健問我：「妳吃過沒？」

他才不會說什麼「用過餐了嗎？啊、還沒用過是嗎？真抱歉，我竟然完全沒察覺。家裡沒什麼好吃的，只能湊合著煮，可以嗎？」男人這種生物沒必要搞這些繁文縟節。

就連教養良好的尊龍正則都不寒暄天氣的事了。

「還沒。」

「我沒錢喔。也懶得煮。」

「啊、錢的話我這邊有。」

尊龍正則說。

「有多少？」

阿健問得一點也不客氣。

我在阿健那張兼當沙發用的髒兮兮床上坐下，雙手抱膝。

「三萬多。」

「哇喔，有錢人。今晚可以盡情享受了，亞子。好久沒盡情享受了啊。」

不知怎地，尊龍正則忽然生龍活虎起來。

我們直接出門，沿著通往大塚警察署的斜坡階梯往下，走到 VILLA ROSA。

阿健打開菜單。

「別客氣，想吃什麼儘管點。」

他竟然這麼對尊龍正則說。

「點個 House wine 吧。」

正則說。

我雖然不是不能喝酒，但阿健卻對我嚷嚷「喂、金太郎」。那是因為我就算只喝一杯酒，臉也會紅得像喝了一桶酒[1]。阿健十三歲時曾因偷喝威士忌被發現而慘遭停學處分，從那時起就鍛鍊了一身好酒量。

驚人的是，尊龍正則自己點了第二瓶 House wine。

「你酒量很好嘛。」

阿健這麼說，看起來很開心。

1・日本傳說中的金太郎有一張紅臉。

尊龍正則喝葡萄酒像喝水。阿健不只塊頭大，臉也大。他蓄長髮或許是因為自知臉大，想用頭髮掩飾大臉。問題是，這麼一來反而顯得整張臉更有份量，讓他看起來就像歌舞伎裡的惡人角色。說得更直接一點就是髒。

要是手邊存貨多一點，我也想找外表看起來更像樣的傢伙當代理戀人啊。

我津津有味地吃了義大利沙拉和墨魚義大利麵。

「亞子小姐和阿健先生是從什麼時候開始交往的？」

尊龍正則眼睛四周已開始泛紅。阿健發出咯咯笑聲。

「妳聽，這傢伙竟然叫我阿健先生耶？若說我們從出生就開始交往，你相信嗎？這傢伙出生時就長這張臉喔，我啊，每次看到她就忍不住想笑。」

「什麼嘛，你這個大頭。鈴子阿姨生阿健時，因為頭太大生不下來，足足生了二十二個小時。所以你才會是獨生子，阿姨說生你痛苦得要死。阿健這個人啊，從出生就不孝。」

「是啊，不像妳媽生妳只花十五分鐘，跟撒尿一樣輕鬆。看看妳這張臉，就是出生時沒時間慢慢打造，才會連鼻子都沒有。倒是你啊……」

阿健讚嘆地盯著尊龍正則的臉。

「你這張臉還真精緻！怎麼說呢，就像做臉的工匠卯足了勁精雕細琢。至於妳的臉就是打工仔做的囉。」

阿健戳了戳我的鼻子。

「那阿健你自己又是怎樣？那個鼻子，應該是做臉的人把剩下的黏土全部堆在你臉上當鼻子了吧。」

「是我拜託他全部堆上來的啦，怎樣。」

這時，尊龍正則以頗認真的語氣說：

「請不要再談長相的話題了。你們或許能滿不在乎地拿別人的長相開玩笑，但也請試著站在我的立場想想看。所謂美男子是無法加入這種話題的。我啊，對自己的美貌感到自卑。」

是喔——我這麼想。然而更驚人的是，阿健拍了拍尊龍正則的肩膀說：「你要對自己更有自信一點啊。」接著又說：「你這傢伙人不錯嘛。就算長得好看，也一定有辦法活下去的啦。好嗎？要對自己有信心。」說著，再次無意義地拍了拍正則的肩膀。

尊龍正則不知道在高興什麼，也拍了拍阿健的肩膀。

「亞子小姐，阿健先生是好人呢。感覺就像人生的前輩。」

「前輩後輩什麼的，這種事我不接受喔。」阿健說。

喝了兩瓶葡萄酒，把點來的菜全部掃光，看到尊龍正則留下的兩片金黃炸豬排，阿健一邊說「不吃可惜」，一邊全給吃了。只有我加點提拉米蘇和咖啡。

結帳時尊龍正則付錢，找回兩張千圓鈔和少許零錢。阿健說「喔、綽綽有餘嘛」，從皮製的零錢盤裡抄走了那些錢，把鈔票拿在手上搧著走下樓，回頭對我說：

「妳可以回去了。」

尊龍正則說：

「阿健先生不送她回家嗎？」

「我？送這傢伙？」

「因為，你們不是情侶嗎？」

阿健完全忘了我在電話裡拜託他的事，瞬間眼神呆滯。

「可是我還喝不夠啊，你應該也還想繼續喝吧？」

「當然，我還能喝。」

「既然這樣，澤野你今晚就去阿健那裡喝到天亮吧。我要回去了，因為我是個規矩女孩。」

「那我們送她回去吧。好嗎？阿健先生。」

「我們兩個？」

「啊、對喔，那我是不是變成電燈泡了。」

阿健又露出呆滯的眼神。

「沒、沒那回事啦。畢竟我們打從一出生就交往了，時間多得是。也、也不用非得今天幹嘛不可，完全沒那個必要，妳說是吧？」

煩不煩啊你。

阿健和尊龍正則勾肩搭背走在目白通上，嘴裡大聲嚷嚷「乾杯」之類的話。我覺得自己被男人們排擠了，跟在他們後面走。

就目前狀況看來，至少尊龍正則喝醉了，暫時不會發生什麼事。但是，我總覺得他內心深處還是持續在哭泣。其實我沒來由地有個確信，認為持續哭泣對尊龍正則來說是有必要的。

至於阿健，他大概年幼時就已在內心深處徹底哭過一場，雖然我不知道那是什麼時候，但他應該充分體驗過什麼叫孤單。所以，如果現在阿健有什麼想哭的事，那肯定是和尊龍正則不一樣的事。不過，與我無關就是了。

那或許是只有小惠小姐和阿健自己知道就好的事。

也或許，阿健早已自己解決了那件事。比方說，可能是靠大醉一場，也可能是和夥伴們大鬧一場，又或者是在大白天裡躲進棉被大睡一場，又或者是靠攝影工作來解決。

運氣不好的事總會接二連三發生，來到我家門口時，看見鈴子阿姨的 Eunos 停在那。

一看到那個，阿健就說：

「煩耶，是我媽。我不想跟那個人打照面。」

「那你快走啊。謝謝你送我回來。」

我這麼說，分不出自己是說給阿健聽還是說給尊龍正則聽。

這時，有雙千里耳的媽媽早已打開玄關大門，嘴裡喊著「亞子」，定睛打量起

尊龍正則。

「鈴子姊，是小健喔——」媽媽一邊這麼大吼，一邊用力睜大遺傳給我的那雙小眼睛。很快地，鈴子阿姨從媽媽背後探出頭，同樣定睛打量尊龍正則，幾乎可以說是看得入迷了。

「總之就是這樣。」阿健對自己的母親和我媽媽揮了揮手便走開。

我在心中對尊龍正則大喊「你也快點滾」，但是，這位大少爺卻對兩位媽媽恭恭敬敬地低下頭：

「幸會，我叫澤野正則。不好意思，這麼晚還來叨擾。」

他這麼說。

原本已經走開的阿健又走回來說：「媽、那個……」鈴子阿姨眼睛依然盯著尊龍正則，嘴上一邊說：「好啦，」一邊走回屋內，然後像個夢遊症患者似的帶著出神的表情，拿出一萬圓紙鈔遞給阿健。

彷彿相撲選手領紅包一樣，阿健把手舉到臉前，把拿到的錢直接塞進口袋，就又走了出去。

這下事情可不得了了。我還真想看看有誰能壓抑這兩位中年大嬸的好奇心。

「亞子，快點、快點。」

鈴子阿姨催我脫鞋。

「泡茶、泡茶。」

媽媽繞著桌子團團轉。

鈴子阿姨靠在沙發上仰天長嘆：

「話說回來，怎麼會有人長得那麼漂亮。是怎樣，那可不是阿健的朋友喔。噯、亞子，這到底是怎麼回事？話說回來，那孩子長得也太漂亮了吧——」

「是打電話來的那個人？」

媽媽將熱水瓶裡的熱水注入茶壺，但熱水都已經流出茶壺外了。

「妳們很囉唆耶，沒必要這麼激動吧。話先說在前頭，不管妳們問什麼，我都絕對不會回答。」

「唔嗯……不回答？不回答是吧。」

鈴子阿姨眼裡流露奸詐的目光。

「霞姊，我看我們先別著急好了，慢慢觀察狀況也沒關係，嗯。」

說完，鈴子阿姨微微一笑。

6

隔天和隔天的隔天，阿健都沒有跟我聯絡。不過，連續幾個月沒和阿健說話或見面也不是什麼稀奇的事。媽媽似乎偷偷去跟阿健打聽了一番，但我知道阿健絕對不會說什麼，所以媽媽一副很不滿的樣子。話說回來，阿健本來就什麼都不知情。

而且我也相信，就算那天晚上阿健和正則兩人一起喝到天亮，阿健絕對不會多問尊龍正則一句話或向他打探任何事。阿健就是這種人。

或許男人多半都是這樣的吧。只認識學校裡那些異性友人的我，對男人這種生物懂的也不多。

但是，隔了一星期左右，我自己打電話跟阿健說：「上次的事，謝啦。」

話雖如此，阿健還是問了：「那傢伙跟妳到底什麼關係？」聽他這麼一說，我就知道阿健什麼也沒問尊龍正則。

「真要說的話，就是一點關係都沒有啊，所以無從說明起。不過，應該不會再給你添麻煩了。」

「可是那之後，那傢伙又帶了酒來找我，還在我家過夜了唷。」

阿健竟然這麼說。

而我那時不知為何，聽了一點也不驚訝。

「是喔，阿健被纏上了啊。不過，他不是什麼可疑人物啦。」

「可是，那件事拆穿了喔。小惠從加拿大打電話來時，那傢伙正好在旁邊，我一時情急就跟小惠說他是妳的男朋友。」

「欸，你說什麼？」

我拿著聽筒，凝視空氣中的一個點。接著，愣愣地把聽筒放回電話機。聽筒上濕濕的水滴，是我的手汗。

我雙手抱膝，盯著我的汗水在聽筒上形成的手印。

家裡只有我一個人，媽媽又跑去伊勢丹百貨了。即使已經放棄幫哥哥買內褲，百貨公司仍是中年婦女的精神安定劑。有時母親說去買毛衣，結果只買了一塊鮭魚肉回來。

這時，玄關響起門鈴聲。我嚇了一跳，整個人跳起來。明明是自家門鈴，竟然會被嚇得跳起來。

打開玄關，門外是個青春痘集中長在鼻頭的年輕男生，手上抱個細長白盒子站在那。

「請問佐佐木亞子小姐住這裡嗎？」

「對。」

「麻煩您蓋章簽收。」

我從放在玄關的紅色貓形印章盒裡拿出旗牌公司製的印章，在收據上蓋了章。上面寫著某某鮮花店。這是怎麼回事？簡直像從前的好萊塢電影情節。

家裡除了我之外沒別人，關上玄關大門後，我卻緊張地東張西望。我是怎麼了。抱著那個大盒子匆匆衝回自己房間，衝到一半時，看到盒子上訂購者的名字是澤野正則。我就這麼靠上門板，肩膀因呼吸急促上下起伏。內心小鹿亂撞。我在緊張什麼，家裡明明沒人，我又是在避諱誰的目光。

一方面緊張，一方面也湧起一股甘美的情緒。我在床上盤腿而坐，打開盒子。打開的瞬間，甘美的情緒達到最高潮。那是看起來真的非常高級的二十朵粉紅色玫瑰花，用粉橘色的緞帶繫著。花苞有著美得不像這世上會有的顏色，外側稍濃一些，愈往中央顏色就像暈染開來一般愈來愈淡。看著這樣的花苞，我感受到大概是有生以來第一次品嚐的幸福滋味。

老實說，有那麼一瞬間，我還以為自己墜入情網。就在盯著那二十朵玫瑰花看時。

我把家裡的蒂芬妮玻璃花瓶和花剪拿到房間，剪齊玫瑰花莖的長度，插進花瓶中。蒂芬妮的花瓶露出滿足的表情，彷彿有生以來第一次完成了它的使命。完美無瑕！

接著，我把花瓶放進自己房間裡那個堆滿全開尺寸紙板和紙捲的壁櫥深處，藏起來。

將白色的細長盒子仔細壓扁，和粉橘色的緞帶及透明玻璃紙一起丟進黑色垃圾袋。為防萬一，我還小心謹慎地用自己房間垃圾桶裡的紙屑蓋上去。

我仰躺在床上發呆。心想，自己終於也有男人了，呵、呵、呵。不對唷，等等，尊龍正則說不定只是因為給我帶來異常困擾才送花賠罪。我可沒花癡到光這樣就說人家是我男人。

話說回來，他這種做法還真是肉麻。不過，女人這種生物或許就最愛肉麻了。至少我必須承認，自己暫時被這肉麻的做法迷昏了頭。

媽媽回來時，我還在盯著電視發呆。播的是兒童卡通，我心不在焉，根本沒看進去。

媽媽買了兩把洋桔梗回來，一把五百圓。她在伊勢丹好像只買了一塊丹麥產的起士，花是在京王線入口的京王百花苑看到特價就買了。

「好熱、好熱。亞子，花瓶、花瓶。」

媽媽一邊在洗臉台洗臉一邊喊。什麼、花瓶？我急忙從櫥櫃裡拿出玻璃圓筒花瓶來裝水。

拿著毛巾擦臉的媽媽說：

「哎呀，怎麼不拿蒂芬妮那個，那個比較好，用那個吧。」

我沉著冷靜地回答：「什麼鍋就該配什麼蓋。」然後把插了洋桔梗的花瓶擺在桌上。仔細想想，我說不定下意識說了擦邊球的話。

那天我為了看玫瑰花打開壁櫥好幾次。換上睡衣後，像狗一樣趴在壁櫥裡，鼻子貼在粉紅色的玫瑰花上聞味道。整個壁櫥裡都是玫瑰的香氣。

老實說，我心猿意馬。不知該謝謝他送花給我，還是該當作沒這回事。

時間就在心猿意馬中流逝，變得像是我刻意當作沒這回事了。

心猿意馬的念頭自相矛盾。尊龍正則是在知道我不是阿健女朋友之後才送花來的，這完全不代表什麼嗎？還是說，在東大少爺的說明手冊裡，向女生道謝時送花是理所當然的觀念？但這不是很沒禮貌嗎。總覺得那傢伙活得不切實際。

說「這可不是一件小事，難道你想就這樣當沒事嗎」，和說「請到此為止吧」的都是我，但是大少爺受的教養令他無法當沒事，結果就成了那公式化的二十朵花，這束氣派到不切實際的玫瑰花才會看起來如此詭異。

要不然，難道他真的迷上我了嗎？我這個木芥子？

妳啊……我這麼問自己。被人迷戀很開心嗎？妳是不是也迷上了那個尊龍正則？等一下等一下，不用急著做出人家迷戀上我的結論吧？被人迷戀有那麼開心嗎？嘿嘿嘿，當然開心啊，不管是誰都好，有人迷戀自己就是一件開心的事啊。土包子也好破銅爛鐵也好，愈多人迷戀我愈好。這樣我就可以慢慢挑選，再把不要的一個一個丟掉。真的很想試著這麼做啊，真是的，不知道那會是一種什麼心情。我忽然驚覺，尊龍正則知道「迷戀」是什麼意思嗎，這兩個字簡直像是會從鈴子阿姨口中吐出的詞彙，屬於中年人專用。連我發出聲音說「迷戀」兩字時，聽起來都有種過時感。真要說的話，比起「迷戀」，尊龍正則那傢伙只知道「做」吧。

不過，在中村屋的地下室，那個濃妝豔抹的女人面前，尊龍正則說了「我喜歡的是這個女生」。喜歡和迷戀是不是不一樣。

「我喜歡的是這個女生。」

那明明只是演戲，那天之後，那一幕卻在我心中反覆上演了無數次。還滿令人怦然心動的。

心猿意馬的情緒一下跑到這裡，一下跑去那裡，其實挺忙。

我打電話給麻由美。

「哎呀，這吹的是什麼風，亞子竟然主動打電話來，什麼事啊？」

「沒什麼事，只是想說妳最近不知過得怎麼樣。阿隆好嗎？」

「這個嘛，我才正想跟亞子妳商量這件事呢，阿隆他說不定外遇了。」

「咦？這可是大事。」

「這個嘛，雖然只是聽來的消息，有人說上週日阿隆好像載了女生去湘南。阿隆那傢伙，上星期跟我說他有作業要做，不能跟我約會啊。嗳、妳不覺得這不太妙嗎？」

「嗯……如果是真的，那就相當不妙。不過，也有可能是認錯人啊。那個人實際上沒跟阿隆講到話吧？」

「對對對。可是啊，最近阿隆對我不太有性趣欸。」喂喂喂。「總覺得做的時候也只是表面形式，像是交差了事似的。」

等一下等一下。

「我說麻由美啊，我複習一下喔，阿隆是妳的第一次嗎？」

「討厭，妳太小看我了吧。」

咦——這種時候是會認為自己被小看的嗎？

「是喔？不然妳第一次是什麼時候？」

我覺得自己好像鈴子阿姨。

「跟A對象呢，是國二的時候，對方是社團學長，這種事說起來還滿老掉牙的啦。」

「那、那麻由美妳喜歡那個學長嗎？」

「沒特別喜歡啊。討厭啦亞子，妳好像歐巴桑喔。所謂的 A 對象不就是愈快完成任務愈好的對象嗎？」給我等等，「大家都是這樣的嘛，」什麼大家，大家是誰。「不過啊，B 對象和 C 對象就是我自己主動獻身的囉。從來沒認真和亞子聊過這話題，還真有點害羞……」

其實我想知道的是那件事具體來說要怎麼進行。到了那個關頭，要在哪裡採取什麼樣的行動，在採取那個行動前會先進入哪種氣氛，所謂的氣氛是會自然而然產生的，還是要自己營造？

「我說，麻由美，你和 B 還有 C 那個的時候，都是自己想要才做的嗎？」

「嗯……該怎麼說呢，對方有那個意思也很積極，總覺得拒絕也不好意思吧。再說，對方滿受異性歡迎的，長得帥又溫柔。對啊，後來就又交往了一年左右，喔、我說的就是阿隆啦。」

「那妳跟上一個是怎麼分的？」

「討厭啦，亞子，妳今天是怎麼了？別跟我媽說喔，我想妳應該知道，我媽還以為我很純潔。也是啦，做父母的難免會那麼想，就連我去和阿隆約會，她也以為我們之間是單純的交往。」

「到底是怎麼分的啦？」

「欸亞子，妳該不會正在為這種事困擾吧？」

「倒不是。」

「我看有蹊蹺喔……這種時候啊，就是拚命澆冷水稀釋感情囉。刻意不要兩人獨處，見面時找電燈泡或是找一大群人玩鬧。就算兩人獨處也要表現冷淡。這應該是常識吧。」

「是喔——總覺得這樣好狡猾。」

「亞子小妹，這一點都不狡猾好嗎。每次都認認真真分手的話，自己哪受得了。而且很遜不是嗎？一哭二鬧什麼的。」

「那我問妳，如果阿隆真的外遇，麻由美也無謂嗎？」

「才沒那回事咧。只是會很不甘心啊，要是被拋棄，自尊難道不會很受傷嗎？那可是挺難受的啊。不過，沒找到下個對象前就拋棄手上的也很冒險就是了。再說，連個對象都沒有的話，面子豈不是掛不住。」

我說麻由美妳啊，是不是忘了現在是在跟我說話？我自尊已經受傷了喔。有時我都覺得，麻由美頭腦是不是很差。怎麼說呢，在察覺別人的存在之前，她腦中大概只有自己吧。這或許是美女的特徵也說不定，而會這樣想的人大概也只有醜女。

結果我還是倒回床上，繼續我的心猿意馬。

然而，再多的心猿意馬，在遇到現實時也煙消雲散。

某天，我正在吃午餐，電話打來了。

我一邊用筷子戳冷豆腐一邊說：「媽、電話，」媽媽一邊用冷豆腐沾生薑一邊說：「亞子、電話，」最後是爸爸拿起了聽筒。爸爸帶著嘴邊的一圈啤酒泡沫說：

「對，是的，亞子嗎？在啊。」然後對我說：「是個姓澤野的先生。」

我不知為何心頭一驚。媽媽手裡的筷子還夾著豆腐，手卻一動也不動，豆腐就這樣夾斷，掉在盤子上，但她的眼睛還停留在半空中。我默默放下筷子，把電話切換成子機，接起電話說：「喂？」走進自己房間，緊緊關上房門。

「啊、好久不見。現在方便嗎？」

「不方便。這個時間普通人都在吃晚餐吧。」

「啊、抱歉，妳們晚餐吃什麼菜？」

「我家恩格爾係數高，吃豆腐。」

「是喔，豆腐啊。只吃豆腐？」

「怎麼可能。對了、上次的花，謝謝。那是怎樣？」

「喔、那個啊，有各種意思。」

「請不要做這種肉麻的事。」

「咦？女生不是都喜歡收到花嗎？妳不開心？」

「覺得心煩意亂，很困擾。」

「亞子小姐好難懂喔。」

「我才不難懂呢。」

「嗳、看明天或什麼時候要不要再見面？」

「咦？這是什麼意思？」

「想請妳跟我約會的意思喔。」

「請問，所謂的約會指的是兩個人單獨見面嗎？」

「可是，妳不也說謊了？說什麼阿健是妳男朋友。還是說，妳還有其他隱瞞我的事？」

兔子先生，請問你在說什麼。我一個人笑得脹紅了臉。

「好不好嘛？可以吧？再說，小惠小姐也以為我們是一對情侶了啊。」

「你跟小惠小姐見過面了？」

「還沒見過面，但約好下次見面了。和妳一起。」

「欸、那是要兩對一起約會的意思？」

「如果妳覺得那樣比較好的話。只是我還是希望先跟妳見面啦。」

不知為何，這時我忽然沒來由地冒出一股氣。

「好不好，可以吧？」

不爽。

「那明天差不多十點左右過去接妳。」

不爽。

「謝謝，那我掛掉囉。」

不爽。

全身都沉浸在不爽的情緒裡了。所以，我氣鼓鼓地回到餐桌邊。

媽媽迅速察覺我的不爽，瞬間變得像隻偷魚吃的貓，對我小心翼翼。

我已經失去繼續吃冷豆腐的食慾了。

「我不吃了喔。」

盯著搗爛的冷豆腐，我這麼說。

「啊、是喔。那要不要喝茶？」

像心虛的貓一樣露出奉承的眼神，媽媽這麼對我說。

「為戀情心煩嗎？啊哈哈哈！」

少根筋的爸爸發出空泛的笑聲。我對他視若無睹。媽媽到底是媽媽，敏感察覺到苗頭不對。

「啊——我都給忘了，昨天鈴子姊帶了衣服來給亞子唷。有沒有？就是她上次說的那件Y's的吊帶裙，妳要試穿看看嗎？」

這太神奇了，聽到這句話，我所有的不爽都灰飛煙滅。人的情緒真是難以捉摸。

「欸？真的嗎？我要穿、我要穿。」

鈴子阿姨明明已是五十歲的歐巴桑，穿起川久保玲的COMME des GARÇONS、山本耀司的Y's或三宅一生卻也沒在客氣，經常一穿上就招搖地跑來我們家炫耀。我一說：「阿姨真棒，媽媽要是能像鈴子阿姨妳這麼時髦就好囉。」媽媽就說：「我是保守派啦。」阿姨問：「真的嗎？亞子，我穿這樣真的不會很怪？」我就說：「很棒，好好喔。」這麼一來，鈴子阿姨就會說：「亞子要不要也穿穿看？」於是跑到洗臉台邊脫下衣服，只探出頭來，一邊說「拿去」，一邊把衣服丟給我。

穿上後，畢竟佔了年輕的上風，衣服當然是很適合我。即使長了一張木芥子的臉，我對自己麻雀雖小五臟俱全的身材還是很有自信的。

鈴子阿姨沮喪地垂著肩膀說：「那件送妳。」「這怎麼行，我又不是這個意思。」我只有嘴巴推辭。「太不甘心了，要是現在神明能讓我重返青春，我一定會卯起勁來打扮。嗳、嗳、霞姊，如果那樣的話，妳不覺得我們的命運都會大不同嗎？」「不覺得喔。」媽媽一如往常，故意用尖酸的語氣回應。

就這樣，我從鈴子阿姨那裡討來了好幾件衣服。

灰色絲質的吊帶裙有寬大的裙擺，其實是一件褲裙。我正好有一件白色絲質針織衫可以搭配它。

我的心情完全變好了，開始雀躍地期待起明天的約會。

7

就算沒有真心愛著的人，也急著想先擁有一個戀人。除此之外，精心打扮或許是為了約會，這是現實的真理。

我認為沒有比尊龍正則更適合讓我穿上 Y's 絲質吊帶裙出門的男人了。

隔天，媽媽的態度非常詭異。

像隻心虛的貓，原本的媽媽不知躲到哪裡去了，什麼話也不說，故意裝作一副毫不關心的樣子。

我卯足了勁，一早起來洗頭，專心用吹風機將頭髮吹乾，再將粗硬的頭髮綁成麻花辮，盤在頭上，用黑色髮夾夾住。

九點半時，我已經完成打扮。

我無法忍受和母親在一起時的緊張。

「媽，妳女兒今天要去約會唷。」

「亞子，我的心臟從昨晚就像快要裂開似的。」

「為什麼是妳的心臟裂開啊，要去約會的人是我耶？」

「我知道、我知道。」

「妳今天不說那什麼嘻、嘻、嘻了嗎？」

「我知道、我知道，嘻、嘻、嘻。」

「一點也不好笑。」

「我現在顧不得好不好笑了啊。啊——說不定都發燒了呢，嗳、亞子，好累喔。」

媽媽重重地在我身邊坐下。

接著，尊龍正則再次於我家玄關現身。

出現在玄關的尊龍正則穿著牛仔褲和白色馬球衫，打扮得很隨性。

此外，他將一大束加州罌粟捧在胸前。

我知道媽媽和我一樣用力睜大了那雙瞇瞇眼。看在旁人眼中或許看不出我們睜大了眼，但至少我們張大了嘴是任誰一看就很清楚的事。這是怎樣？簡直就像搬運花束的機器人。

尊龍正則把花遞給媽媽。

「前幾天太晚來打擾，非常抱歉。」還加上這句表面話。

「哎呀——」媽媽心花怒放，腿都軟了。「所有花裡，我最喜歡的就是加州罌粟了。」

這句可不是表面話，媽媽是真心這麼說的。尊龍正則果然是中年婦女殺手。

我從看到尊龍正則穿牛仔褲和馬球衫的瞬間就開始生悶氣，因為沒有比這更丟臉的事了。我穿的吊帶裙顏色雖是水洗灰，料子怎麼說也是絲絹。還有，雖然不大，但也戴了珍珠耳環和項鍊。

正當我考慮回去換穿破洞牛仔褲時，媽媽開了口：

「亞子，你們太不搭了。」

接著還急忙補充：

「哎呀，我是說衣服喔，衣服。」

不用妳強調。

「亞子小姐穿這樣很可愛啊，就這樣走吧。」

進退不得的我，拿出黑色的淺口平底鞋穿上。

「小心喔。」

小心什麼？

停在門口的車，是白色的CAMARO。

話雖如此，這輛白色的CAMARO非常適合尊龍正則。

我喜歡的深灰色Austin Mimi很適合我，但不適合尊龍正則。

我們家那輛誰也不去洗的灰色Festiva，慚愧地縮在車庫裡。

尊龍正則彬彬有禮地拉開車門，等我上車。哇喔，這就是所謂約會嗎。

尊龍正則順暢地將車開了出去，我不經意回頭，看到媽媽抱著那束橘色的加州罌粟，正用力朝我們揮手。

「想去哪裡嗎？亞子小姐。」

竟然問我想去哪裡，這可是我有生以來第一次約會。

「多佛海峽，我想去看懸崖。再不然就去撒哈拉沙漠。」

我的心情沒來由的好。

「妳帶了護照嗎？」

「我跟你說，你知道嗎？阿健他媽，就是鈴子阿姨和叔叔……啊、是現在這個叔叔喔，聽說兩人還沒再婚時，曾經一起去看電影，電影裡出現了沖繩，鈴子阿姨就說，啊，好想去沖繩喔。結果叔叔說，妳等我一下，我忽然想起有件事得去辦，馬上就回來，然後就消失了三十分鐘左右。後來呢，看完電影之後，叔叔帶著兩張前往沖繩的機票回來了。於是他們就直接去了沖繩喔。」

「是喔，那人很有一套嘛。」

「不過我媽說他有點離經叛道。我想我媽應該是嫉妒啦，因為我們家是徹底的平淡無聊嘛。你知道嗎？比起年輕女生，中年主婦更愛追求浪漫喔。」

「那時阿健在幹嘛？」

「阿健？那時他已經擅自離家……搬到腳踏車店二樓去住了啊。那個時候，鈴子阿姨還哭了呢。不過阿健是那種說了要做什麼就不聽勸的人，從小就是雷打不動的個性。說起來啊，跟鈴子阿姨是同一個模子。」

我倆的共通話題只有阿健。啊、還有中村屋那個女人就是了。不過，我光是想到她就想吐。

比起來，阿健的話題健全多了。

「不然去海邊吧，可惜不是多佛海峽也不是沖繩。」

要說理所當然也是理所當然，假日往湘南方向的路段塞車嚴重。車一下環狀八號線，尊龍正則就去便利商店買了冰紅茶和烏龍茶，然後不知道打了電話去哪。

不管怎麼說，我心情非常好。塞車這種事，只要想成約會時間的延長，似乎也不是一件壞事。

赤堤和船橋距離真的很近[1]。

「至今我們竟然不曾在哪偶遇。從下次開始，我騎腳踏車過去就好了。」尊龍正則這麼說，還說了今年也去羽根木公園賞櫻的事。

「澤野，賞櫻這種事，你跟誰去的？」

「奶奶和爺爺。」

「欸——你跟爺爺奶奶住喔？」

「對，因為我家的大宅是爺爺的啊。」

大宅？

「你爺爺是做什麼的？」

「原本是法官，後來當律師，律師事務所現在歸我爸管。我爺爺還算是個美男子喔。全家最帥的就是他。」

我陷入思考。關於遺傳這檔事。

一如我家的四胞胎，離我家這麼近的那棟大宅裡也棲息著美貌的五胞胎嗎？

「噯、澤野，你媽是美女嗎？」

「普通而已啦。」

尊龍正則口中的「普通」和我口中的「普通」真的是一樣的意思嗎。

「澤野，獨生子會不會很寂寞？」

「不會啊，我以為大家都是這樣的。」

「我以前很嚮往獨生子，現在覺得有哥哥在真好。」

「是喔，我沒什麼特別感覺耶，一直以為大家都是這樣。」

「是喔，不過阿健也是獨生子，他就很想要兄弟姊妹。阿健這個笨蛋，老是吵著要鈴子阿姨生兄弟姊妹給他，小時候，他還拜託阿姨幫他生個哥哥呢。那次真是笑死人了。」

　尊龍正則說，他只記得自己小時候討厭小孩，一心只想給幼稚園的女老師抱。

1・船橋是東京都的地名，亞子家的櫻上水站就在船橋，和正則家的赤堤同樣位於東京都世田谷區。

「澤野，你該不會從出生就性好女色吧？」

「或許喔。畢竟我是媽媽帶大的獨生子。」

這不就是嚴重的戀母情結嗎。

總之就在我們這樣天南地北，沒完沒了地閒聊時，CAMARO 抵達海岸。岸邊停了不少車，開到天皇御用邸十字路口時已經十二點四十五分。

CAMARO 向左轉。

在右側看得見海的道路上行駛了一陣子後，尊龍正則把車停在一個叫音羽之森飯店的地方。飯店、飯店？怎、怎麼辦？

到了飯店大廳，尊龍正則說「敝姓澤野」。

我們被帶到一間可俯瞰大海美景的餐廳。

我肚子餓得不得了。

尊龍正則問我：「吃魚好嗎？」熟練地點了好幾樣東西。你真的才二十一歲嗎。

「澤野，你平常拿多少零用錢？」

我忍不住問了。

「不一定，而且大部分都刷卡。」

「欸，還是學生就有信用卡喔？」

「我爸的附卡，家人都有。」

是喔，還有這種事啊。

哥哥講究吃拉麵，和阿健兩個競爭似的四處開發新的拉麵店，互相炫耀自己發現的麵店味道好，有時兩人還會帶我一起去吃麵，我倒覺得這樣就挺開心了。

四月的海粼粼發光。像扭轉霧銀色的布時泛出的絲絲光芒。海與太陽的關係好情色啊。我把下巴放在交握的雙手上，瞇瞇眼瞇得更細了。

因為很刺眼嘛。另外，理所當然的，我感到這裡似乎沒有自己的容身之處。尊龍正則又不落痕跡地讓我坐在能看到海的位置。

「噯、這種事你是怎麼學會的？」

「當然是拜跟經驗豐富的年長女性交往之賜囉。」

嗯。害我又想起來了。

怎麼，那起事件對尊龍正則來說一點也不痛不癢嗎？

明明家教那麼好，卻像對著青蛙臉上小便也無所謂一樣，遇到那麼過分的事還無動於衷。

對於那個在中村屋把舒潔面紙和鼻水揉成一團的他，我是不是想太多了。

於是我主動提了，順水推舟地。

「那個人後來怎麼樣了？」

「託妳的福，那之後完全沒再聯絡。真的謝謝妳，今天就是為了跟妳道謝喔。」

道謝？這不是約會嗎？是嘴硬說成道謝的約會吧。

「那種人多嗎？」

「什麼意思？」

「不是啦，我是指從女性整體來看，那種人多嗎？」

「這種事我哪知道啦。亞子妳是女人，應該比我清楚吧。」

嗯……我不清楚。要是問尊龍正則除了他之外其他男人的事，想必他也很難代表所有男人回答吧。

「你們怎麼認識的？」

「旅行途中遇到的空姐。下飛機的時候，她對我微微一笑，把寫了飯店電話號碼的紙條塞進我口袋。」

「在哪？」

「米蘭。」

「後來咧？」

「她從那天開始休假，後來我們去了阿西西，然後是威尼斯，在威尼斯待了五天。」

「是喔，好夢幻。」

「我一開始也覺得很夢幻啊。超誇張的喔，在威尼斯，除了飯店房間之外，我不知道其他地方長什麼樣子。」

「真誇張。」

這種情節如果出現在法國電影裡，或許能成為上等的色情電影吧。畢竟他們可是俊男美女的組合。我心中的大銀幕上已可看見肉體交纏的特寫鏡頭，連眼前尊龍正則從下巴流到脖子上的汗水都看得見。只好急忙把鏡頭拉遠。

討厭。馬賽克，若隱若現，還是柔焦處理吧。鏡頭轉向大海。我沒去過威尼斯就是了。目光望向眼前的海。

「不是說過嗎？我從未主動約過女生，今天是第一次喔。」

「你都不擔心會被我拒絕嗎？」

「拒絕我？」

尊龍正則顯得很錯愕。這可是相當了不起的反應喔，寶貝。真教人難以理解。

「那，這是你第一次主動送上門嗎？」

「喂，女生不要講這種話比較好喔。」

「為什麼？」

「總覺得，妳太赤裸裸了啦。」

我生起悶氣。希望他懂得分辨直率和粗俗的不同。我可沒下流到會在粗俗的欲望上堆滿甜膩的鮮奶油。我有足夠的自覺，不但知道自己是個木芥子，一路走來還擁有名為直率的美德。這也同時表示我非常討厭男人。所以就算能交到朋友，也一直交不了男朋友。話說回來，你這傢伙沒資格對我說長道短吧。就算挾驚人美貌、東大法學部的學歷和住在豪華大宅也一樣。把這類外在條件都屏除之後，你還不是得來向我求助？是說，我也不想一直賣這筆人情就是了啦。

「不，對於自己送上門的東西，吃之前當然要仔細調查，要是裡面被下了烏頭毒怎麼辦。」

尊龍正則抓住我放在桌上的手。這是他的絕招嗎？

「所以？妳要調查啊？」

「我會繼續調查。言歸正傳，繼續說那個人。」

「山口小姐？」

總覺得不是很想具體聽到她的名字。再說，尊龍正則毫不遲疑的態度也讓我感到一股異樣。

「那個，我是不清楚啦，但是那個人她是不是根本不需要愛？」

「大人好像有很多難處喔。山口小姐似乎和某證券公司的高層一直……有沒有，人家常說的那個。」

「不倫？」

「嗯，好像是這樣。」

「那麼，她同時跟澤野交往，就是劈兩腿囉？」

「我是不知道她劈了三腿還是四腿啦。」

「可是澤野，你卻愛上了那個山口小姐不是嗎？」

「剛開始的時候啦，我跟妳說，男人這種動物啊，分不出發情和愛情有什麼不同喔。老實說，我好像有段時間確實是昏了頭。可是這種事啊，如果對方和自己不一樣的話，結果就會變成扣不上的釦子。」

「你的意思是說，山口小姐沒能喜歡上你？」

「我想她對那位證券公司高層的愛是真心的喔，不過那位高層對她的愛是不是真心的，我就不知道了。」

「好難懂喔——」

「再說，她非常拜金。至少站在這個角度她也不願和那位高層分手，此外也有想跟對方太太較量到底的意思吧。跟我在一起，或許某部分是為了故意氣那位高層。」

好厲害喔。該怎麼說呢，像是麻由美或我……我就不用說了啦，但像我們這種年輕人的戀愛情事，如果用食物來比喻，只能說是白麵線或原味優格了。

我沒來由地感慨起來。不只是感慨，感覺就像站在昏暗森林的入口，又像正朝岩石嶙峋的火山口探頭窺看的觀光客。於是，原本看到那個雙手環抱胸前，以洗練姿勢抽菸的大美女山口小姐時會想吐的我，如今已轉換了另外一種心情，一種無以名狀的東西。此外，對於尊龍正則的想法也有了轉變，現在的我想對他說「你也經歷了很多嘛，辛苦了」，想這麼說著好好撫慰他一番。然而——

「亞子小姐，妳一定不想聽這種事，讓妳聽了不開心吧？」

他竟然這麼問。這種問法，簡直是以我已經喜歡上尊龍正則為前提了吧？

「不會啊，我又不是澤野你的女朋友。」

「可是我好像喜歡上亞子小姐了。」

我、我是怎麼搞的，不用別人說，自己也知道，聽了這種話後我一陣面紅耳赤。不只面紅耳赤，感覺全身像是迅速變成一灘濃稠的液體。

這就是所謂愛的告白嗎？如果真的是這樣，我不但要高興得飛上了天，還想叫他再講一次來聽聽。不、這種話聽一次好像就很夠了，除了頭腦，身體的每個部位好像都放錯了位置，不知道該朝哪個方向看。急忙抽回自己的手，低下頭全身僵硬。雖然低著頭，我也知道在那對彷彿搧得出劈啪聲的濃長睫毛下，尊龍正則正用熱烈的眼神盯著我。那雙眼裡像有火焰熊熊燃燒。

傷腦筋，傷腦筋啊。不、不要停止燃燒眼裡的火焰。原來如此，原來世上存在著這種心情啊。傷腦筋傷腦筋。

「噯、亞子小姐，我們找個地方獨處吧。」

尊龍正則用低沉嘶啞的聲音這麼說。我突然使出吃奶的力氣大喊：

「你這流氓！齷齪！色狼！」

然後，我放聲哭了起來。

之後的事真是慘不忍睹。別以為我指的是完全不碰端上桌的美麗法國菜，儘管瞇瞇眼裡不斷流淚，我還是把陸續端上桌的菜都吃光了。你說我又是嗚嗚哽咽又是哭得稀哩嘩啦，是否吃得索然無味？才怪，那些料理真是無話可說的上等美味。尊龍正則不發一語，一板一眼地用餐。嗚嗚，稀哩嘩啦，美男子是不是只要不說話，看起來就很一板一眼啊。嗚嗚。稀哩嘩啦。

「抱歉。」尊龍正則眼神落在盤子上，一邊用叉子撥魚刺一邊說。

「討厭。」我說，連鼻水都流出來了。我拿出手帕，拿出最好的外出用麻質大手帕，以驚人的氣勢擤鼻子。

「妳要喝咖啡還是紅茶？」

尊龍正則問，態度顯得有些小心翼翼。

我用手帕按壓著瞇瞇眼說：

「紅茶，還要甜點。最好是法式千層酥。」

「太好了，妳還有食慾。」

「怎樣，不行嗎？」

吸——擤。

「食慾是一種美德喔。」

尊龍正則非常溫柔。

「性慾也是一種美德嗎？」

吸——擤。

然後，我們同時笑起來。

要是那時沒笑的話……之後我好幾次都這麼想。

「把車放在這，我們去海邊吧。」

「走吧。」

「太好了，妳心情變好了。」

「沒有，才沒有變好，只是我想去海邊。」

我們在沙灘上脫掉鞋子，踩進海裡，讓四月的海水淹過腳踝。

光是海浪打上腳踝，我就忘了呼吸，瞬間以為自己要溺水了，還發出「呀」的叫聲。

海潮咻咻退去時，腳底感覺癢癢的。明明只是腳底接觸，我卻透過沙和水，與整個太平洋、全世界的海及沙灘相連，感覺自己和大地、和天空、和太陽合而為一。

這是一種令人非常懷念的感覺。

過往每次來海邊時的感受忽地復甦，充滿整個腳底與身體。

不可思議的是，那種心情就像遠遠看著自己還是很小的小孩時，站在海邊的樣子。

對了，每次阿健都在身邊。

還有哥哥。

我們仰躺在沙灘上，閉起眼睛。

仔細想想，這是有生以來第一次，身邊這麼近的地方有個男人。

我忽然心慌，驀地騰起身子坐起來。

「怎麼了？」

像是陽光太刺眼，尊龍正則皺著眉頭，用力掀起那排濃密的睫毛。

「沒什麼，太陽好曬。」

「曬就曬，有什麼關係。」

問題就是有關係啊。我的皮膚白皙又敏感，一曬太陽就會紅腫發炎。每次一發炎，整張臉也跟著腫起來，眼睛……紅腫的眼皮堵得眼睛都睜不開。

「好安詳幸福喔。」

尊龍正則再次閉上眼睛。

我不知道自己是安詳還是幸福。

這似乎是第一次，無法清楚掌握自己的心情。

「亞子。」

正則依然閉著雙眼，握住我的手。

欸，手就是這樣被牽起來的嗎？

我不習慣被誰握住手，整條手臂伸直緊繃。

老實說，內心小鹿亂撞。

「好小又好柔軟喔。」

說著，尊龍正則將我的手拉往自己唇邊。

我用力把手抽回來。

尊龍正則好像嚇了一大跳，睜得又大又圓的眼睛看著我。

「妳怎麼了？」

我在沙灘上正襟危坐。

「我、我還不知道自己是否喜歡澤野到可以讓你做這種事。」

我這麼放聲大吼。

「咦？妳不喜歡我嗎？」

尊龍正則也一個翻身坐起來。

這個男人大概以為世界上所有女人都對他有好感。與其說他自戀，不如說他天真。只是我真的無法理解啦。

「你、你……你不管對誰、不管對誰都能……都能做出那種……哈啾！」

鼻水從我小巧的鼻孔向外四處噴濺。

先笑出來的是尊龍正則。他仰起頭來，哈哈大笑。

我扭扭捏捏掏出手帕，用剛才也擦過鼻水的手帕摀住鼻子。

我也笑了，發出悶哼般的笑聲。一邊笑，一邊用我那雙瞇瞇眼瞪尊龍正則。

尊龍正則緊摟住我的肩膀，拿自己的臉頰來磨蹭我的臉頰。

「妳真的好可愛。」

我就這樣一直望著海。

因為心情實在太好了嘛。我，可愛？再說一次吧。

我想，尊龍正則應該也望著海。

明明不知道到底喜歡他還是討厭他，心情卻很好。所以，那時我放鬆了緊繃的身體。

主動靠在尊龍正則身上。

真想永遠這樣下去。

到底喜歡還討厭，之後再想就好了。

不過，那時我忽然一陣難為情。

不知為何，莫名覺得難為情。

我把身體從尊龍正則身上拉開，半蹲，像狗扒沙一樣往尊龍正則身上撥沙子。

「不要這樣啦。」臉藏在手臂後面，正則這麼說。

「好吧！」正則吆喝著起身，朝海際跑去，蹲下來做了沙球朝我丟。

沙球正中想逃走的我的屁股。

我和尊龍正則手牽手，赤腳走在沙灘上。

只要一牽起手，就覺得好像感情很好的樣子。

我已經不再覺得牽手難為情了。

有點開心。

因為開心，所以我甩掉了牽著的手。

一邊甩手，我一邊唱：「大象，大象，你的鼻子為何那麼長～？」

「媽媽說鼻子長，才是漂亮～」正則接著唱。

「嗳、約會好開心噢。」

我看著踩沙踩得癢癢的腳這麼說。

正則停下來。

「嗳、妳第一次約會嗎？」

「嗯。」

我老實回答了。

八點到家。

鈴子阿姨的 Eunos 停在家門前。

「討厭，鈴子阿姨來了。」

「欸——我想見見鈴子女士。」

「澤野，你真的不知人間疾苦耶。後果會不堪設想喔，奉勸你最好不要。」

「是這樣嗎？」

「就是這樣啊。不然，你看窗簾那邊。」

白色窗簾後面躲著兩個黑色人影。

「真的耶。那下次再說吧，我再打電話給妳。」

「嗯，今天很開心喔。」

我打開車門，正想下車時，正則拉住我的手，試圖親吻我。

我甩開他的手。

「Bye-bye。」

「下次見囉。」

正則說著，把車開走了。不知為何，我站在那裡目送 CAMARO 離去。

一進家門，鈴子阿姨和媽媽似乎正慌張地就定位。

她們兩人並肩坐在沙發上。

餐桌上放著吃到一半的飯菜。

「妳們兩個在幹嘛。」

我把包包丟到沙發上說。

「沒幹嘛啊，只是在聊天而已。對吧，霞姊。」

「對啊、對啊，聊天。」

「可是，妳們飯不是還沒吃完？」

「好像是耶。啊、亞子妳要吃飯嗎？」

媽媽裝模作樣地打開冰箱。

「我肚子餓扁了。」

嘴上這麼說，其實我一點也不餓。

「喔——？約會約到連晚餐都不吃了？」

鈴子阿姨上下打量我。

「路上塞車啦。」

「這樣喔，路上塞車喔。」

吼，真是的。

「我還是不吃了。」

8

說來真的很奇怪，隔天去學校，見到班上同學時，覺得男生們看起來完全不一樣了。

我第一次把朋友們當男人看。

回過神時才發現自己一直盯著秋田的手。只不過是秋田手指上的毛，我也能看傻了眼，好像過去從來沒發現他手上有毛似的。

還有菊池的腰也是。原來男人屁股這麼小，直接往上就是軀幹，就像沒有腰一

樣。

山田說：「妳在發什麼呆啦。老師發回妳的報告也不去領，拿去。」說著，把我的報告丟過來。這樣的山田也會跟誰接吻嗎。

我刻意不去想接吻之後的事。

環顧四周，怎麼覺得都是男人。

明明班上有一半女生，我的眼睛卻老是飄到男生身上。過去的我實在太天真無邪了。

麻由美跑來坐著發呆的我身邊。

「亞子，妳在發什麼呆？」

「欸？我沒有發呆啊。」

「哪裡不舒服嗎？」

「為什麼這麼問？」

「總覺得妳看起來昏昏沉沉的。」

昏昏沉沉的？滿腦子都在想昨天海邊的事——從昨晚開始，連晚飯也沒吃，整個人昏昏沉沉的，我自己也有發現。耳邊不斷響起「妳真的好可愛」，好可愛、可愛……可……

第一次和男人磨蹭臉頰。磨蹭、磨蹭……

閃閃發光的海、海、海……

大象、大象……

可是，我無法容忍尊龍正則一開始就想跟我上床。

我現在絕對還沒喜歡他到想上床，也不認為自己打從心底想跟他上床。

再說，我還沒好好想清楚自己到底喜歡還是討厭那傢伙，可拿來思考的材料不夠，但若要說是一見鍾情，我們的第一次見面過程又太不幸……至少，我還需要一點時間。即使如此，我還是昏昏沉沉的……那天下午的西洋美術史，我蹺課了。

我連自己到底是無精打采還是情緒激昂都分不清。

就這樣回家也很煩，話雖如此，又沒其他事好做，只有時間忽然像破了個洞似的空出來。破了個洞的，其實是我的心。

我站在新宿車站月台上發呆，被後面的人撞了一下，就算你撞我，我也沒地方可去。

但又不想回家。

我打了電話給阿健。

他還是一樣只說「唔」。

「是我、亞子。」

「唔——」

「你有空嗎？」

「沒空啊，我正在睡覺耶。」

「我跟你說——」

「怎樣？」

「我跟你說喔。」

「到底怎樣啦？」

「那個啊……」

「妳是怎麼了？」

「那個……」

「妳該不會交男朋友了吧？」

「……」

「欸？真的假的，所以咧？」

「……」

「我現在有空，完全有空。我過去吧。」

「…………」

「妳在哪？」

「新宿。」

「那妳過來啊。」

「可是你家好髒。」

「妳要求也太多了吧。」

「不然我去鈴子阿姨家。」

「喂，被我老媽知道也沒關係嗎？那個人可是很喜歡這種話題的喔。一定馬上就塞保險套給妳。」

「白痴。」

「要去妳就去吧，我馬上到。畢竟我也很喜歡，呵、呵、呵。」

接下來，我搭丸之內線到西荻窪，在商店街入口的花店買了十枝白色的紫羅蘭。總不能雙手空空的去嘛。仔細想想，從早上到現在我什麼都沒吃。

走進花店對面的「花一匁」，點了和風拉麵卻完全沒有食慾。只喝了湯，吃了筍乾，然後吸了五條左右的麵就離開了。聞著紫羅蘭香氣走到鈴子阿姨家時，阿健也正好到了，開著那輛灰色髒兮兮的 Volkswagen，發出嘰嘰嘎嘎的噪音停好車。我一看到阿健的臉就莫名想笑，把臉埋進紫羅蘭裡嗤嗤笑起來。鈴子阿姨穿著咖啡色的髒圍裙，手上還戴著橡膠手套就走出來。

「哎呀，謝謝，好香喔。唷，阿健你是怎麼了，大白天就跑來。來得正好，陪亞子玩到我做完工作吧。」

說著，鈴子阿姨站在流理台邊，把紫羅蘭裝進玻璃花瓶。

「亞子找我什麼事？」

「沒什麼啦。」

「是喔？找我沒事？」

鈴子阿姨忽然一本正經盯著我的臉瞧。感覺好恐怖。

「那個，我有點話想跟阿健說。」

「是喔？跟阿健說？跟阿健說是吧……」

鈴子阿姨走進她的工作室後，阿健說：

「啊、我來泡茶吧。泡個焙茶給妳喝。」

說著，他便把茶葉放入焙烙壺，開始泡茶。我坐在沙發上逗弄名叫黃豆粉的貓咪。

「我說妳啊，是跟那傢伙吧，澤野。就那個啊，因為自己長太帥而煩惱的傢伙。」

「你怎麼知道？」

「那傢伙打從一開始就毫不掩飾啊，真不知該說他老實還是怎樣。」

「是說啊，我其實不討厭他啦，畢竟他很溫柔。」

「那不就好了嗎？」

「可是，總覺得一切都好老套喔，沒有真正心動的感覺，真要說的話，就像沒拍好的電視電影。」

「妳長這樣還敢嫌東嫌西喔。」

「還有，我想問你喔，男人是不是動不動就想上床或親嘴啊。」

「喂、妳該不會要對方住手了吧？」

「嗯。」

「然後？妳什麼都沒讓對方做？」

「說什麼讓不讓對方做，好奇怪。」

「我說妳啊，既然會要對方住手就表示不是真正喜歡吧？」

「可是，那是第一次的約會耶！我又不是對他一見鍾情昏了頭，會怎樣還不知道啦。」

「既然如此，繼續交往下去不就好了？」

「阿健，你不覺得那人跟你身邊的朋友好像有哪裡不一樣嗎？」

「這是當然的啊，每個人都有自己的特色。我還挺喜歡那傢伙的啊。再說，妳突然變美了耶，其實你們已經做了吧？」

「做了就會變美嗎？」

「聽說是會。」

「是喔。」

「所以咧？妳想跟我說什麼？」

「嗯，就是想問你說，男人是不是動不動就想上床或親嘴啦。」

「就這樣？」

「嗯。」

「就這樣？」

「對啊。」

「那種事要看狀況啊，遇到不同狀況，結果就完全不同啊。有人是喝了酒就忍不住做了，也有人錯失機會，認識二十年也沒做過。」

「欸——」

「總之，就是有各種情況啦。」

「不用說了，我覺得好多了。」

阿健打開冰箱。

「喂，有鎌倉山的起士蛋糕唷。」

「要吃不用先講一聲嗎？」

「妳吃不吃？」

「嗯。」

阿健剝掉銀色包裝紙，切了起士蛋糕。他頭髮太長，老是髒兮兮的，牛仔褲頭的皮帶也軟趴趴地垂在腰間。

「我總覺得啊，澤野他給人的感覺不太真實。」

「我跟妳說，日本人呢，總是只能在窮人或醜人身上找到真實感。這是我老媽的意見，要是照她所說，那我給人的感覺最真實了啊。」

「說的也是。」

「妳也很真實。」

「我要生氣了喔。那小惠小姐真實嗎？」

「那傢伙真的很愛跟風，這方面就很真實。畢竟她愛跟風已經到了異於常人的程度。」

「阿健你明明討厭人家跟風卻能接受她，也真好笑。」

「那傢伙看事物只看表面啦。」

「這點對你來說很可愛是嗎。」

「別看我這樣，也是很多煩心事的好嗎。我告訴妳啦，人這種動物啊，不會喜歡毫無缺點的完美事物。」

「阿健你不吃蛋糕嗎？」

「比起那種蛋糕，我寧可吃 YAMAZAKI 的豆沙包。」

「這個明明很好吃。」

我吃著起士蛋糕，阿健又幫我泡了紅茶。我真是搞不懂他，一個房間完全不打掃的人下起廚來卻很細心講究。他泡紅茶的技術可熟練了，比我媽泡的還好喝。

說老實話，其實我不喜歡阿健的女友小惠小姐。她講話聲音尖銳得好像從頭頂發出來的，相當愛買名牌，人又非常任性。

吃魚的時候，她不是嚷嚷「討厭，魚眼睛盯著人家看」就是「討厭，有魚刺」，看到鹿尾菜就雙手交握放在胸前，閉著眼睛說「這黑黑的是什麼？好恐怖噢」。問她「妳在家都吃什麼」，回答是「蜂蜜蛋糕和紅茶」。最討厭的一點，是從我們第一次見面起，她就好像當我不存在似的，還有，她只跟男生講話。起初我以為她討厭我是因為我和阿健青梅竹馬，後來才發現，小惠小姐對所有女人毫無興趣。

阿健帶小惠小姐來我家時也是，只見她四處打量家裡，媽媽跟她說話她也不回話，只瞅著阿健。於是阿健只好代替她回答。他們回去之後，媽媽說：「那孩子真不討喜，小健到底覺得她哪裡好啊。女人最重要的果然還是長相，嘻嘻嘻嘻，是不是啊，亞子。」只有那次，即使媽媽這麼說，我聽了也不覺得火大，真心認同她的「女人靠長相」論點。

忘了說明，小惠小姐真的長得很可愛。大部分的事我和阿健往往意見相同，唯獨對女人的品味完全合不來。啊、這意思當然不是說我非得和阿健愛上同一個女人不可，只是說得貪心一點，我總希望阿健的女朋友是自己也中意的女生。忘了什麼時候，我問鈴子阿姨：「阿姨，妳覺得小惠小姐怎麼樣？」鈴子阿姨咬牙切齒地說：「要是哪天理智終於斷線，看我不好好教訓她一頓！」之後又軟弱地說：「說歸說，我就是拿阿健沒轍，只要他們一來，我立刻陪笑臉，笑咪咪地給那女人當女傭，真不甘心。」別人我不知道，唯獨關於小惠小姐，可以肯定絕對不是鈴子阿姨惡婆婆找碴。

「我說妳啊，如果只想說這件事的話，那我要回去了。唉，我也真是太愛管閒事了，不、應該說是太好心了。」

「咦，不吃過飯再走？」

鈴子阿姨依依不捨地想挽留阿健，但阿健又開著那輛嘰嘎響的破爛 Volkswagen 走了。

鈴子阿姨煮了香酥鮭魚和豬肉湯，我只幫忙削了豬肉湯要用的牛蒡皮。

「亞子啊，妳是要削掉那根牛蒡幾層皮啦，整根牛蒡都快不見了。真討厭，發情期的女人就是這樣。」

只說了這句話，鈴子阿姨什麼都沒再多說。

9

星期六。說老實話，我一心以為澤野會打電話來，整個人坐立不安。一放學就直奔回家了。

「沒有我的電話嗎？」

「有啊。」

「誰打來的？」

「妳猜是誰？」

「快點說啦。」

這麼說著，我滿心期待。

「那我就告訴妳吧，是住在目黑的奶奶。」

這人真是難搞。我不想被媽媽說什麼，就跑回自己房間，假裝在做作業，其實躺在床上讀起山田詠美。那是一本叫《放學後的音符》的小說，故事讀起來好像發生在另一個次元。上床什麼的，在那個世界彷彿輕而易舉，很像真的在談戀愛。都已經寫到那個地步了，偏偏跳過我最想知道的步驟。

不過我、我卻開始想，要是能使勁吃奶力氣走到那個地步，我就要盡情地做！你說盡情做什麼？欸？當然是所有能做的都做啊。然後，等我回過神時，才發現自己只是出神地盯著天花板。

然後，我的手疲軟無力地垂在床邊，就這樣一直到睡著，尊龍正則也沒有打電話來。

隔天星期天，我始終心神不寧，無法決定自己當天心情的方針。

這種時候不知為何總是會跑去洗頭。

頭上包著浴巾打開電視的同時，電話響了。我下意識朝時鐘望去，正好十點。

「這裡是佐佐木家。」

「啊、亞子，早安。」

是聲音相當爽朗又朝氣十足的尊龍正則。

「妳今天有空嗎？天氣超好的呢，要不要再來約會？」

「呵呵呵。」

我真是的，竟然笑成這樣。

「可以是可以，要去哪？」

「亞子妳們家有腳踏車吧？」

「有啊，不過是菜籃車喔。」

「羽根木公園入口不是有個公用電話嗎？我在那裡等妳。」

「幾點？」

「妳能馬上出發嗎？」

「嗯……差不多二十五分鐘後應該可以。」

「那就十一點。」

「好，那就這樣。」

感覺像整個身體從裡面嘩地亮起來。哎呀，難道我真的喜歡尊龍正則嗎。啊，得快點把頭髮吹乾，該穿什麼去才好呢。

還有，得先面對棘手的媽媽。

「啊——媽媽媽媽，大事不妙了，我要去約會、約會，好忙喔。」我這麼大聲嚷嚷。這是我在倉促之間做出的判斷，如果想應付媽媽不懷好意的追問，這是唯一的辦法。哈哈哈，媽媽果然毫無異議地跟著慌張起來，一下喊：「啊，吹風機、吹風機，」一下跑進浴室拿出吹風機。我見狀更加囂張，忙不迭指揮她：「吹那邊、那邊，不要靠太近，等一下頭髮燒焦。啊、這邊也要吹，喂，妳在搞什麼啦。」媽媽竟然說：「哎呀，對不起。」

我得寸進尺起來，咔啦咔啦打開衣櫥大呼小叫：「啊——沒有衣服，沒有衣服穿啦。媽，妳看到我穿得這麼寒酸去約會不覺得很哀傷嗎？啊——這件不行，那件又太正式了。」媽媽有些手足無措：「反正亞子青春無敵嘛。」說了這種搞笑的話，在一旁發愣起來。

我穿上料子偏厚的白色緊身褲，套上米白色的手織風棉質針織衫，長度過腰，然後纏上米色和茶色格子的大披肩，再揹上茶色的真皮後背包。

掀著衣擺走到媽媽面前給予最後一擊：「如何？穿這樣可以嗎？」媽媽的回答略居下風：「可愛、可愛。」我一邊套上白色球鞋一邊虛張聲勢：「不知道幾點才回來喔。」打開窗戶看我跨上腳踏車時，媽媽臉上的表情真是一頭霧水到難以言喻的地步。

騎著購物用的菜籃腳踏車到羽根木公園讓我出了一身汗。

尊龍正則靠坐在公園入口處的柵欄上，一看到我就露出開心的笑容招手。

他穿棉質長褲和棉質圓領衫，唉，該怎麼說呢，真是美得人心蕩神馳。

我氣喘吁吁地說：「啊、那邊的斜坡……還滿陡的……」一從腳踏車上下來，他就上前抱住我，迅速在我額頭上啄以一吻。

「討厭，人家在看啦。」

我東張西望，但是旁邊誰也沒有。他的表現太出色，讓我氣也生不起來，反而還挺高興的。

「噯、在公園約會要做什麼？」

我這麼問，把菜籃車停在尊龍正則的腳踏車旁。

「我也不知道，因為這是我第一次在公園約會啊。」

「不過，既然都來了就進去吧。」

櫻花掉光了，公園裡只有三三兩兩遊客，而且幾乎全部都是老太太、老先生。還有穿著羊毛衫來遛狗的大叔。

老奶奶都是二人組，老先生則一律單獨前來，毫無例外，其中有兩個拄著拐杖，步履蹣跚。

所有的老先生都穿圓領衫和灰色長褲。杜鵑花含苞待放，不過，天氣真的還只是春天的尾巴，沒有初夏的感覺。

坐在樹下，我倆看著老先生老太太們。

因為尊龍問了我學校的事，跟他說了之後，他都對什麼都顯得很驚訝。

「那種考試要怎麼打分數啊？因為，創作作品這種事不是沒有正確答案嗎？」

他這麼說，我也很驚訝。

「不是啊，像我們都是考完之後打開課本找答案，一查就知道自己答對還答錯啊。」

於是，我也問了正則都是怎麼讀書的，可是聽不太懂。他講了一些我聽都沒聽過的詞彙，提到書信和電話時，據說他們都講「遞信」[1]。

「所以，澤野將來想當什麼？」

「早就決定囉，我會參加司法考試，不是當檢察官就是法官，或是律師。」

「可是司法考試不是很難嗎？」

「沒有社會大眾說的那麼難喔。不過最近女生成績都好得不得了，那些傢伙超拚的啦。」

「啊，你用『那些傢伙』形容女人是歧視喔。」

「亞子小姐，妳也會找工作嗎？」

1・日本曾設置「遞信省」，管轄國內郵政與電信事務。

「當然啊。要是有機會，我想當包裝設計師，你不覺得市面上的商品都包裝過剩了嗎？」

「要是不過剩包裝，設計師怎麼會有工作做？」

「不是這樣的，我的意思是，要綜合長遠思考大局……」

說著，我認真了起來。

尊龍正則忽然說：「噯、中午要不要來我家吃？」

「欸？可是我今天來之前沒做這種心理準備。」

「有什麼關係，我來之前已經這麼跟家裡說了。」

「嗯……」

我陷入思考。跟對方家長見面很擾人，又麻煩，壓力很大，再說，這麼一來簡直像我已經成為尊龍的正式女友了。可另一方面，我又對那棟大宅、「普通美」的媽媽和超級美男子的爺爺充滿好奇心。

「好不好，去嘛。」尊龍這麼說，站起來拍掉屁股上沾到的枯草。

一回到家，我就趴在沙發上，發出唔唔呻吟。

「怎麼了？」

媽媽搖晃我的肩膀，幾乎呈現混亂狀態。

「要叫救護車嗎？噯、妳倒是回個話啊。」

「喔——我嚇到了，嚇到了啦。真是的，原來有人的家是那樣的呢——我簡直受到文化衝擊。媽，我們家好窮喔，而且水準好低。」

「妳怎麼了？生病了嗎？」

「我生龍活虎得很，只是累了啦。跟妳說，今天我去了澤野家。好厲害的大宅，看上去歷史悠久，有洋房還有門。」

「亞子，現在誰家不是洋房，誰家沒有門？」

「不是這個意思啦。那可是大正時代的洋房。還有，他爺爺好像志賀直哉，留著優雅的鬍子，在那裡讀德文書喔。他媽媽和妳年紀應該差不多大，人家卻是個大美人。中午和我們家這種連接廚房的開放式飯廳不一樣，是另外有一間專門用餐的飯廳，吃的是我從來沒吃過，裝在法國砂鍋裡的菜。啊還有，連甜點都是那個漂亮的媽媽親手做的。媽妳吃過熱的布丁嗎？還有啊，人家那漂亮的媽媽講的話題都好有水準，遣詞用字也好有品味。不但如此，聽起來還一點都不虛偽喔，我一說自己讀的是設計科，她就提起格羅佩斯[2]，說：『格羅佩斯跟馬勒的太太[3]談戀愛了吧。』這種事連老師上課時都不會提到。媽媽，女人最重要的或許真的是長相，哎呀，真是服了他們。呼──我累死了，幫我捏捏肩膀好不？」

媽媽默默幫我捏起肩膀，但是手完全沒使力，整個人心不在焉。接著，她喃喃丟下一句：

「亞子，人家說門不當戶不對就不是好姻緣喔。」

「我也這麼認為，打從心底這麼認為。」

「怎麼會這樣啊，還想說妳好不容易交到男朋友了，沒想到各方面條件都配不上人家。要是配不上的只有長相就好了——」

「媽媽！」

「啊，抱歉抱歉。那往後亞子想怎麼辦？」

「我也不知道。」

我癱在沙發上，腦中不斷浮現今天去的尊龍正則他家，浮現又消失，消失又浮現。感覺好像褐色的老電影畫面。那棟氣派的木造大宅裡沒有任何地方設置現代鋁窗，庭院草地的另一側是爺爺住的別館。正則的房間裡放了滑雪板，還有吉他、

2．瓦爾特．格羅佩斯，現代設計學校先驅包浩斯的創辦人。

3．阿爾瑪．馬勒，奧地利作曲家、作家、編輯，曾先後嫁給作曲家古斯塔夫．馬勒和格羅佩斯。

ＣＤ播放器，床罩是三宅一生的商品，整個家裡只有這些東西稍微給人一點現代感。不過，他不愧是東大生，房間裡書架就佔了整面牆，架上放有《刑法總論》、《日本的政治》之類艱深的書。啊，不過也有漫畫雜誌《BIG COMIC ORIGINAL》。

還有任天堂紅白機。

而且，沒想到正則電動打得嚇死人的好。

我完全不是他的對手。

打紅白機時的正則非常專注。這人果然優秀哪，我有點被震懾了。

凝視緊盯畫面打勇者鬥惡龍Ｖ打到忘我境界的正則，我還有點感動。

「耶！贏了！」正則瞬間從嚴肅變成天真的孩子氣，那張美麗的臉上表情完全不同。我都看得入迷了。看到我出神的樣子，正則站起來說：「抱歉、抱歉，我真的還是個小鬼，這下妳應該發現了吧？」說完，又在我額頭上啄了一吻。

「討厭啦，澤野，你是啄木鳥嗎。」

「誰教亞子這麼可愛呢。」

聽我說、聽我說，接著他居然把我的頭用力攬在自己胸前，好像電影的一幕。有生以來還是第一次有人把我的頭攬在胸前，這種感覺實在太美妙了。既安詳，又令人陶醉得昏昏欲睡。

不過，我迅速恢復冷靜，從他身上跳開說：「不行、會被人看見。」

看見的人就是那個漂亮的媽媽。

因為正則家教真的很好，還把房間的門打開五公分，漂亮的媽媽就從那條門縫外說：「正則，我端茶來了。」她站在門外的走廊上。

「謝謝媽，請進。妳們聊聊啊。」接過紅茶的正則對母親也十分溫柔體貼。

「我很想，但你也知道，這時間學生快到了。亞子小姐，下次再來玩喔。」說完，她就走了。

「學生是指……？」

「喔，老媽在教法國人學日文。」

「法國人？」

「對，我媽她啊，小時候住過法國。因為她爺爺是外交官。」

我嚇傻。這簡直是，這簡直是，這簡直是……

「澤野你也會法語嗎？」

「嗯，我聽力不錯，語文方面學起來不太吃力。小時候爺爺還教過我德語和英語。」

難怪實力遠非下等人所能及，考上東大一定也不費吹灰之力吧。在那個世界裡，就讀東大是理所當然的事。

後來正則放了 Ray Price 的 CD。正則來到我身邊，我們抱著抱枕坐在床上，我隱約覺得正則想和我有肉體接觸。就算在自己家裡，家人都在家，他還是個色胚。

「啊、那裡有黑白棋，我黑白棋很強喔，來玩嘛。」

「黑白棋？我下得很差耶。那是給親戚小孩玩的。」

實際對奕後，他的黑白棋真的差勁到教人懷疑這傢伙是不是很笨。我一下就把全盤翻成黑棋，連一點拉鋸都沒有。明明很會打任天堂紅白機，黑白棋卻這麼弱，腦袋到底是怎麼長的呢。

接下來媽媽什麼都不再說，忽然擦起廚房地板。擦得莫名用力，好像在生什麼氣似的。

我對著她的屁股怯怯開口：

「還有，他家也有賓士。」

媽媽連回應都不回應，嘩啦嘩啦洗抹布。

那天晚上，我一邊泡澡一邊發現，最近幾乎不再煩惱自己長相的事了。

坐在浴缸裡，我把手伸長，疊在伸長的腿上看。這好像是第一次仔細端詳自己的手腳。我的四肢皮膚滑膩、白皙且修長，摸上去柔軟好摸又富有彈性。我還滿欣慰的，原來自己的手腳是這樣的啊，第一次認為自己的手腳是非常重要的東西。

我也用浴室裡的鏡子細細打量自己的臉，結果，發現我挺喜歡自己的臉。儘管沒有整容，但也覺得沒關係，這樣就好。就連尊龍面對我時都說不出「美麗」兩字，不過，他還是一再稱讚我「可愛」。所以我應該滿可愛的吧。雖然自己不知道那到底是怎樣的可愛，不過肯定與美麗無關。美女都很清楚自己有多美，我想。美麗是一種客觀的判定，可愛則偏向主觀。話雖如此，不管是誰看到小貓都會覺得可愛。

想著這些，洗完澡後我穿著浴袍，直接坐在床上修指甲，此時電話鈴響。我早就乾脆把子機拿到自己房間了。

「這裡是佐佐木家。」

「啊、亞子嗎。」

是尊龍。

「今天謝謝妳來我家。那個啊，我媽說她非常喜歡妳。」

「欸——真的嗎？請問，喜歡是指？嗯……怎麼覺得好害羞喔，不過澤野的媽媽真的是很棒的人。」

「是嗎？我覺得很普通啊。」

「才不普通呢，絕對不普通。你找我什麼事？」

「沒事也可以找妳吧？只是打電話而已。就這樣啊。聽到別人也喜歡亞子，我總覺得好高興，今天老爸不在家真可惜，好想在他面前炫耀一下妳喔。」

我徹底心花怒放，發出呵呵笑聲。

「我不會再去了，否則馬上就會露出狐狸尾巴。」

「咦？亞子，妳今天又沒有裝模作樣，和平常的妳一樣啊。」

從什麼時候開始，他對我的稱呼從亞子小姐變成亞子了呢。

「妳剛才在做什麼？」

「修指甲。」

「是喔，女生的指甲是用修的喔，我們男生只會剪指甲。我以前都沒發現。」

「是喔，真不像經驗豐富的澤野會說的話。」

「因為我也是第一次啊，第一次想知道對方現在正在做什麼。是喔，妳在修指甲喔。」

照這個步調下去，我將成為澤野的戀人，澤野也將成為我的戀人了吧。

「那麼，晚安，啾。」

「晚安，啄木鳥。不對，是愛親嘴的人。」

「亞子，妳也滿貧嘴的嘛。」

「嗯，我有練過。晚安。」

沒想到，掛上的電話再度響起。

「這裡是佐佐木家。」

「啊、是我阿健。那個啊，小惠有話跟妳說。」

「欸？阿健，你把那事跟她說了喔？」

「說了啊。」

「大嘴巴。」

我有不祥的預感。她平常從來不會想跟我講電話的。總覺得即將發生低級沒品的事。

「噯、噯，亞子，聽說妳交男朋友了，而且對方長得超帥，真不敢相信。」

她竟然這麼說。

總算這人還懂得打圓場：「啊、我不是那個意思啦，這只是我的口頭禪，覺得驚訝時候就會講這句。」

所以妳為什麼會覺得驚訝？真是的。

「不是妳說的那樣啦。當然，也不只是普通朋友就是了。」

「我說亞子啊，下次要不要跟我們一起兩對約會？好嘛？一定很好玩。嗳、下次放連假時，大家一起去輕井澤吧，說好了，就這麼決定。」

「輕井澤？妳是說鈴子阿姨家的別墅？又不知道連假時鈴子阿姨要不要用。」

「沒關係沒關係。」

我最討厭她這種沒禮貌的地方。

難怪鈴子阿姨對她恨得牙癢癢的。

「嗳、妳去跟妳男朋友說，他叫什麼來著？對了對了，是澤野。那就這樣囉。」

她擅自掛斷電話，我怒上心頭，立刻回撥給阿健。

「啊、是我亞子，小惠小姐擅自決定了，阿健你沒意見嗎？」

「我不排斥兩對一起約會啊。」

「不是這個，是鈴子阿姨家別墅的事。」

「喔，那個我會去問老媽看看。」

「是嗎。那我也去問問澤野。嗯唔——還是阿健你自己去跟他說吧，我把電話號碼告訴你。」

我有點火大。

再說，這是怎樣，四個年輕人去住別墅，要怎麼分房間睡？

不管小惠小姐想怎麼做，都不可能分成女生一間、男生一間吧。

我連自己和澤野是不是一對戀人都不知道，甚至連自己是否已產生真的很喜歡澤野的心情都不知道。老實說，就算是討厭的對象，只要對方緊緊擁抱我，我一定都會心情愉悅，和被媽媽抱在懷裡的小嬰兒一樣吧。

可是，我知道澤野是個滿好的人，也順水推舟地跟他約會了幾次，可見我對他也算有那個意思。懷著雀躍心情去約會是事實，也知道自己樂在其中，這點無法否認。所以，只能走一步算一步了。

雖然我不是郝思嘉，還是明天再說吧，畢竟明天又是另外一天。

這麼一想，我便鑽進棉被，這時電話又來了。唔，真是的。「這裡是佐佐木家。」

「啊、是我澤野。抱歉，妳睡了嗎？」「怎麼可能，才十點啊，還沒。」我躺在棉被裡這麼說。原來戀人一天會講好幾次電話啊。

「剛才阿健打電話給我，也可以住我家的別墅喔。」

「欸？」

「我家的別墅正好也在輕井澤，平常很少在用，其實房子應該不時去住一下才好。妳覺得如何？」

「嗯，我不知道。北輕那棟別墅說是玲子阿姨的，其實是她先生的啊，阿健怎麼說？」

「他說都可以。」

「阿健真的很隨便。不然，我們先去這邊再去那邊好了。」

「也好。真期待呢。還得再約一次討論相關事宜才行。我啊，覺得好像重返青春了！」

「討厭啦，不然你現在是多老。」

「不知道，總覺得現在像是穿上正合腳的鞋子，腳步非常輕盈，踩著躂躂的腳步哪裡都能去似的。」

那我是連鞋子都不知道怎麼穿的原始人嗎。

10

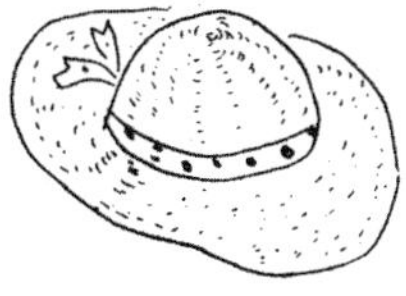

連續假日會塞車，我們決定半夜出發，約定會合的地點是離環狀八號線不遠的家庭餐廳。尊龍正則當然先來家裡接我，不只媽媽，連爸爸都走到馬路邊目送我們離開。做父母的往往聽到一群年輕人說要一起出遊就完全不會擔心，真是不可思議的生物。不知為何，正則今天開的是賓士。

首先，阿健他們就遲到了整整三十分鐘。

「抱歉、抱歉。」這麼說著揮手的阿健身後，跟著臭一張臉的小惠小姐。那張臭臉在看到尊龍的瞬間，立刻搖身一變為可愛小女生。

用那彷彿從頭頂發出的尖銳聲音說：「人家遲到了～」一邊巴眨著眼睛，緊瞅著尊龍正則不放。這樣對阿健未免太沒禮貌了吧。啊、對我也是。之後，她盯了我一眼，露出高傲的模樣。慘了，接下來的狀況真令人憂心。

阿健和尊龍各自拿出地圖，查找彼此別墅的所在地，我們決定先去尊龍家的別墅。尊龍在紙上畫了地圖，寫上住址和電話號碼，為了避免半途走散，還連備用鑰匙都交給阿健。

來到停車場，巧的是阿健那輛破爛 Volkswagen 旁停的正是正則的深藍賓士。尊龍正想邁步走向賓士，小惠小姐忽然跟上去說：「啊、我要坐這邊。」尊龍傻眼，我也傻眼。

阿健對小惠小姐說：「妳過來啦。」眼睛卻看著我，臉上寫著真心感到丟臉。小惠小姐說：「噯、亞子，妳去坐阿健的車啦，快去、快去。」說著，把我推進阿健的破爛 Volkswagen。

不大不小的年紀在這種時候真令人困擾。我無法像小孩子一樣推開她說：「妳幹嘛啦。」要是尊龍對她說：「妳不要這樣。」場面也只會更難看。就算阿健說：「坐我的車對美容有益喔，因為顛簸有助消除贅肉。」小惠小姐一定也聽不懂這種幽默。

我茫然坐上阿健的車，我們跟在深藍賓士後面。

「抱歉啊。」阿健向我道歉。

我感覺理智劈哩劈哩斷線。

「該道歉的又不是阿健。我從以前就這麼認為了，為什麼阿健要跟小惠小姐在一起？老實說，我從沒見過比她更任性的女生，簡直像小孩一樣幼稚。」

我看著賓士車內小惠小姐露出的半顆頭，語氣相當粗暴。

阿健只是默默握著方向盤。

「難道你覺得那種任性很性感？」

「我啊，覺得那傢伙很可憐。」

阿健這麼嘟嚷。

「妳知道嗎？那傢伙連一個同性朋友都沒有唷。」

「那是因為小惠小姐根本不想跟同性做朋友啊。」

「還有，她的個性是非要所有男人轉頭看她不可，否則她不甘心。」

「那是因為像樣一點的男人很快就會看出她的真面目，知道她是個討人厭的女人啊……啊、抱歉。」

「對──所以，她最後總是會回我身邊來。這麼一來，我終究還是覺得她可憐，而且，我還期待總有一天她會察覺我的心。」

「你這麼愛她啊。」

「嗯，我想應該是喔。」

「可是老實說，雖然這樣講會讓阿健不舒服。但我不認為小惠小姐愛你，她只是在利用你而已喔。」

「那樣也沒關係。不過，最近我也有點累了。」

接下來，我們兩人沉默了好半晌。

「何不跟她分手。」

我這麼嘀咕。

「我早就這麼想過好幾次，可是她每次都哇哇大哭，哭得不顧一切。和送小孩去托兒所一樣。」

「太奸詐了。」

「正因為很清楚，所以我也為難。沒辦法丟下她不管啊。現在已經昇華為老爸的心情了，只希望她能好好長大獨立，從我身邊畢業。」

「阿健，你好像老頭。」

「請說這是『老成』好嗎。」

回過神來，我依然看著前方，眼淚卻流下來。

「我還以為阿健過得更幸福。」

「也沒什麼不幸啊，只是有點寂寞啦。」

「我最不喜歡看到阿健寂寞了。」

「謝謝。」

阿健這麼說，聲音非常溫柔。

上高速公路後，破爛 Volkswagen 一下就追不上賓士了。

尊龍起初還留意著後面的我們，等中間被插入好幾輛車後，他大概也放棄了。

「噯、這輛車能撐到那邊嗎？」

「這可愛的小傢伙已經咬緊牙根在拚了喔，好可憐的。不管怎麼說，這傢伙不會輕言放棄。」

後來我們彼此都不再提小惠小姐和尊龍的話題。

開進別墅區，迷路的我們花了好一段時間繞來繞去，終於找到尊龍家的別墅。

抵達時已經兩點多。賓士早到了，屋裡亮著燈。這棟房子相當大，一半舊一半新。

舊的那一半有一座古意盎然的暖爐，尊龍正在往裡面添柴。

小惠小姐換上格紋長裙，披著公主般的白披肩，坐在一張老藤椅上，心情感覺好得不得了。

阿健扛著行李走進玄關就說：

「我滿喜歡第一次去別人家玩的，不過今天好累喔，開那輛爛車真的是。」

說著，在暖爐前的毛皮地毯上仰躺。

尊龍一看到我就露出非常開心的笑容。

「我還想說，要是被你們兩個跑掉了怎麼辦喔。」

「開那輛車想跑也跑不掉啦。」

「亞子，妳睏了吧。我來跟妳說寢室的位置。啊、這裡是浴室，還有這裡是廁所……」

我們魚貫跟著尊龍在屋內四處走動。二樓有三個小房間和一個廁所。小房間裡各有一張床，已經鋪好乾淨的床單。

「咦？床單是澤野換的嗎？」

「事先拜託管理阿姨換的。」

喔──

我把自己的行李放在最裡那間，打開窗戶。高原夜晚的冷空氣流洩而入，有好聞的氣味。

不知何時，尊龍把手放在我肩上，輕輕啄吻我的頭髮。

於是，我內心湧起一股嫉妒心，故意問了他：「兜風開心嗎？」

「我還以為可以跟亞子一起，根本沒想到會這樣，心裡捏了一把冷汗呢。」他給了不置可否的回答。其實我是想聽他說：「我最討厭那種女人了。」但也不知道是家教良好還是個性問題，尊龍不會說那種話。男人幾乎都不太會說那種話。我猜，只要不是做出太嚴重的事，男人這種生物大概不會討厭女人。

「咦？澤野你要睡哪？」

「睡哪都可以啊。老房子那邊的客廳也有沙發床，不過，在這邊用睡袋把自己包成一條毛毛蟲也不錯。」

「不行。」

這時，傳來阿健大吼的聲音。

「喂，正則，來喝吧！安眠藥、安眠藥！」

「聽到了。」正則回答。「亞子，妳呢？」

「我只想睡覺。」

「那明天見。」彬彬有禮的啄木鳥彬彬有禮地啄了我一下才走出去。

隔天，醒來時天氣非常好。將木框小窗往兩側打開，聽見潺潺的河水聲。林中有一條通往河流的小徑。

小鳥稠啾，樹上剛長出新芽，整間屋子安靜無聲。啊、我真的沉沉睡了一覺。

下樓一看，阿健和正則躺在暖爐前，客廳裡全是酒味。小惠小姐居然也順勢留了下來，就睡在沙發床上。不過，也是啦，想也知道小惠小姐肯定會這麼做的嘛。

我默默沖了個澡，換好衣服，輕手輕腳地開門出去散步。

在連假期間的高原上能做什麼。

打網球。因為正則家的別墅附設了網球場。

完全是正則獨占鰲頭的個人秀。漂亮又正確的姿勢和動作。阿健就是一陣亂打，那不顧一切只為求勝的動作看起來像隻大猩猩。

認真老實，專心一志，不屈不撓的我。

「哎呀、討厭，真是的。」不斷如此發出嬌嗔的小惠小姐。

即使如此，還是笑得前仰後合。

然後我們前往開車三十分鐘左右的鈴子阿姨先生的別墅，在那裡做飯吃。那裡的廚房使用起來很方便，我和阿健也熟悉環境，三餐，我和阿健煮了三餐。正則一副佩服的樣子，除了圍上圍裙之外什麼也沒做，只會在旁邊團團轉，幫忙擺擺盤子什麼的。那種家教嚴謹的地方很可愛。我好幾次心想，澤野人真好。

小惠小姐動作慢吞吞，吃飯前的準備更是工程浩大，大白天就跑去洗澡、刷牙。小惠小姐的牙齒像是怎麼刷也刷不乾淨似的，一天要刷好幾次。接著就是拉上紙門仔細化妝。

推測料理差不多都上桌時，小惠小姐正好完成梳妝打扮。

我呢，小小的鼻頭不斷滲出點點汗珠。

至於阿健，像馬路施工的工人那樣，脖子上始終掛著彩色毛巾。

「阿健，你是怎麼學會做菜的？」尊龍問。

「自然而然就會了啊。我啊，經常回過神時才發現自己一直盯著烹飪節目看。也常讀漫畫《美味大挑戰》，要是忽然想吃豬排丼，我就怎麼也忍不住，非得吃到不可。」

那天，我們在切成薄片的氽燙豬肉旁排滿切細的蔥，這些是要沾醬汁吃的。另外還做了四季豆核桃沙拉。

小惠小姐嚷嚷：「生蔥好臭喔～」用筷子把擺盤稱得上藝術的白髮蔥撥到盤子邊。

要是不把小惠小姐當空氣，任何事都不可能好好進行下去。正則和阿健和我都發揮了年輕的食慾，大口大口吃著盤子裡的肉和沙拉。

阿健和正則還卯起來灌啤酒。

阿健模仿美空雲雀唱什麼〈川流不息〉，特地從浴室裡找出形狀細長的去角質輕石，當麥克風握在手上。他連表情都化身美空雲雀，害我笑得腰直不起來。

鬧著鬧著，阿健鑽進他的破爛 Volkswagen 拿出一把吉他，就這麼一口氣開起卡拉ＯＫ大賽。

連小惠小姐都大方唱起松田聖子的〈紅色甜豌豆〉。

只見她眼珠咕溜咕溜轉動，眼神始終鎖定正則。

正則仰起頭拉長脖子大聲高唱〈ZERO〉，東大生耍起白痴來也和普通人一樣白痴。不過，看到他皺起那雙漂亮的眉毛吶喊時，我第一次覺得他非常性感。

阿健說：「我們去外面玩啦，去開拓農場好了！」乘著興頭，我把醉漢們推上賓士，自己坐上駕駛座。這是我第一次開左駕，一直開到開拓農場的農道正中央，才把車子停下來。

放眼望去，四周是一大片剛播種的遼闊玉米田，看得到另一端淺間山的輪廓，再往上是滿天星斗。

四下沒有一戶人家，只有泥土的氣味和夜晚的氣味。我們莫名圍成一圈，高喊「呀喝」，像大猩猩一樣跳舞。

後來，我們在農道上躺成了大字。

四人都安靜下來，仰望星空。

躺在我身邊的正則輕輕握住我的手。

然後，把貼著道路的臉轉向我，真的非常溫柔地笑了。

那時，像是驀地湧現，我產生一股想和正則接吻的念頭。

我握緊正則的手，把他拉起來。

站起身，依然抓著正則的手，我跨過阿健，跨過小惠小姐往前跑。把正則推進賓士副駕駛座，自己握住方向盤，轉動車鑰匙。我開著車，沿著農道直走。

道路忽然轉彎，車開上田畝邊停了下來。

那是一片牧草地。我熄火，跳下車，在牧草地中央奔跑。

正則追上來。我心想他絕對會追上來。

我轉身停住，張開雙手，準備接住跑來的正則，並以這姿勢閉上眼睛。正則撞上我，將我緊緊抱住。

我把手伸直，張大雙臂吶喊：

「我好像喜歡上澤野了！」

正則被我的聲音嚇了一跳，放開抱住我的手，挪開身體，凝望著我。

然後，像擺弄娃娃的手一樣，輪流放下我的左右手。等我變成了一個木芥子，他便緊緊環抱我的肩膀，輕輕將他的嘴唇疊在我的嘴唇上。

我在牧草地上坐下，心跳快得以為自己要斷氣了。

正則從我身後環抱我，一直用他的臉頰貼在我的頭髮上。「接吻是……」我斷斷續續地說，快要無法呼吸。「沒想到……接吻……是這麼……軟綿綿的……好……

嗯心……又好……舒服……」

正則忽然笑出來。

「我……我……想再……一次……」

正則再次從身後環抱我。

「妳真的好可愛。」

抓住我的下巴，讓我扭頭朝向他，我們的嘴唇再次重疊。

我們趴在柔軟的牧草地上凝視彼此。好想永遠這樣凝視下去。

正則的手指輕輕撫摸我的眼皮。「小小的眼睛」、「小小的鼻子……」「小小的嘴巴……」一邊撫摸，嘴裡一邊這麼說。

「呵呵……」我感到非常安詳平靜。

彷彿全世界的人都陷入這種心情。

我改成仰躺。星星密密麻麻，像拿針耐心在天上戳出發光的洞。

「願人類和平！」

我大聲說。

正則發出愉悅的笑聲。

「願人類和平！」

也學我這麼說。

但人類並不和平。

回到阿健他們身邊時，小惠小姐不高興地坐著，阿健在農道上躺成大字仰望星空。

我感受到尷尬的氣氛，不知該說天真還是豪邁的正則卻完全沒有察覺。一下車就張開雙臂，抬頭對著星空高喊：「喔——願人類和平！」簡直是六〇年代的青春電影。

之後，他又踩著噠噠腳步在阿健與小惠小姐身邊跳起舞來。

其實我也想跟正則一起跳舞，但還是走到阿健身邊去，悄聲問：「怎麼了？」

阿健盯著我看：「妳們去親熱了吧？」

「嗯。」這麼一回答，我忽然害羞起來，就一邊發出「呀喝」的叫聲，一邊跟著正則跳起舞來。

阿健也「喔！」了一聲，站起來開始跳舞。大家圍著小惠小姐，像大猩猩一樣繞圈圈。

正則抱起坐著不動的小惠小姐，兩人搭著彼此肩膀跳舞。不知為何，小惠小姐心情忽然變好，嚷嚷「討厭啦」，還笑得花枝亂顫。

我忽然很介意那兩人，覺得小惠小姐靠正則身上靠太緊了。

這就是嫉妒，我清楚明白。

11

什麼都是有生以來第一次，真棒。

接吻果然很棒。最棒的地方在於，你得先吻過才知道那究竟有多棒。在學校裡上圖學課時，我看著那些一臉認真抄筆記的傢伙，心想這麼棒的事大家都稀鬆平常地做了，還完全不當一回事，我就忍不住一一打量課堂上這些同學的臉。在電車裡看到大叔時也想，他也做過那種事嗎？該不會到了這把年紀還在做吧。不過，又想到至少大叔年輕時一定也接吻過，就覺得既猥褻又可愛，忍不住緊盯著電車裡的大

叔瞧。

我還問了麻由美。

「人要接吻到什麼時候啊？」

「怎麼？亞子妳別忽然說些莫名其妙的話啊。」

「不是啊，麻由美的媽媽和爸爸現在還會接吻嗎？」

「別說了，好噁心，嘔——」

「可不是嗎。」

我也想起自己的媽媽和爸爸，甚至認為他們之間不可以有那種事。

麻由美忽然說：「亞子，妳是怎麼了？該不會交到男朋友了吧？」那種問法，簡直像在說一件不可能發生的事。

我本想說：「怎麼可能。」但也想說：「要不要介紹給妳認識？」最後只說：「好恐怖喔，連養老院裡都有老奶奶因為感情問題揮刀砍人呢。」「那種是特殊狀況，應該是色情狂吧。」就這樣改變了話題。

我好想見正則，想聽到他的聲音，心神不定坐立不安，做什麼都心不在焉，可是，我喜歡正則，正則也絕對喜歡我，若是這樣就算是一對戀人，那麼比起沒有戀人的時候，現在的我有一種非常安心的感覺，好像太陽只照在我身邊似的。陶然欲睡，一顆心飛到半空中，這種心情到底該如何用言語形容呢。

言語真是一種不可靠的東西。一個真切的吻，是任何言語也無法說明的事。

看在我眼中，樹上忽然像是新長出了葉子。

僅只是風吹過水窪這種不足為奇的風景也成了驚人美景。還有，身邊的空氣，只要一想到這是正則在哪裡呼吸過的空氣，我就會急著趕緊深吸一口氣。

這些對我而言，都是有生以來第一次的經驗。但我又覺得，兒時或許也有過同樣的體驗。

小時候我老覺得風是不可思議的東西，現在的心情就和那時很相似。

麻由美和阿隆之間也有這種心情嗎。這麼一想，我就搖頭否認，那是只有我，只有我和正則之間的特別情感，和其他人的平凡戀愛肯定不同。我立刻小家子氣起來，才不要讓其他人也體會這種滋味呢。

「噯、星期六陪我去買鞋子。」麻由美說得理所當然。才沒這回事呢。

「啊、我沒空，正好這星期六有點事。」

「是喔？」麻由美看起來有些不滿。

啊，好痛快。戀愛就是利己主義。

我帶著飛揚的好心情在新宿跟她揮揮手，下了電車。

從櫻上水站走到我們家要十八分鐘，距離有點遠，通學時走這條路總是非常疲憊，但是今天，我腳步輕盈得過了家門都沒發現。

一直走到鄰居家車庫前才猛然驚覺過頭，自己難為情了起來。也不是在想事情，就是雙腿擅自走了起來，好像無論天涯海角都走得到似的。

沒被任何人看見的丟臉事是最丟臉的了。

猛然驚覺的我立刻掉頭，一轉過身就看見鈴子阿姨的 Eunos 停在那。

哎呀呀。

從玄關往屋裡窺探，看到鈴子阿姨一臉不悅，咔啦咔啦吃著仙貝。

寒暄幾句後，鈴子阿姨說：「話都是妳媽在說，上次才哭著問我妳都沒男朋友該怎麼辦才好，結果妳看她今天變怎樣？竟然不高興亞子講那麼長的電話啦。妳們家有窮到要小氣這個電話費嗎？」在鈴子阿姨詰問下，媽媽居然說：「她太誇張了啊，我都考慮是不是要再申請一個電話號碼了……」嘴巴固然說得很溜，最近媽媽確實無精打采，這到底是什麼心態呢，我又不是要嫁入皇室當太子妃。她該不會已經在思考女兒結婚的事了吧？我都還沒開始考慮啊，之後的事誰也說不準。

「噯、亞子，阿健最近過得很糟耶。妳知道原因嗎？」

「過得很糟？」

「好像整天喝得醉醺醺。」

「阿姨怎麼會知道這種事？」

「我的情報網可是很周全的喔。」

「有鈴子阿姨這樣的媽，阿健也真不好過。」

「哎呀，天下有會讓孩子好過的父母嗎？我說亞子，妳去探探阿健的口風啦。」

「阿姨，無論我打聽到任何情報，都不會告訴阿姨的。這就是青梅竹馬的義氣。」

「唷，還義氣咧，不過我想也是啦。算了，那是他自己的人生，喝酒喝死也沒辦法。」

鈴子阿姨又咔啦咔啦啃起仙貝，不然就是盯著仙貝看。

這時電話鈴響，我當然立刻跳起來。

「這裡是佐佐木家。」

「亞子？是我、阿健。」

說曹操曹操就到，我嚇了一大跳，急忙拿著話筒進自己房間。

「怎麼了？」

「我又被小惠甩了。」

「欸？什麼叫又被甩了？」

「我這已經是第四次被她甩啦。」

「阿健。」

「過去我都一直扮演佛系阿健的角色，這次決定不要了。」

「真的嗎？我當然是贊成囉。抱歉，小惠小姐實在不是好女孩。」

「我是在非常清楚這點的狀況下和她交往的，又不是因為她是好女孩才喜歡她。」

「嗯……話是這樣說沒錯啦。暫時或許會難過一段時間，但我們還年輕嘛。阿健，你一定會認識更好的女生喔。」

「那種難過對我來說其實不算什麼啦，現在感覺就像驅走附身的邪靈，全身神清氣爽呢。說來也奇怪，人類這種生物真是莫名其妙呢。」

「阿健，你一定會再遇到很棒的女生。」

「已經遇到了喔。」

「討厭，你在快哪門子的？可別自暴自棄喔，要好好弄清楚對方是怎樣的人。」

「早就再清楚也不過了，這次很慘啊。」

「可是，你要加油喔。我會支持你的，我們都還年輕嘛。」

「妳才是在青春哪門子的啦。這次真的很慘。」

「幹嘛一直慘來慘去的，你在喝酒嗎？」

「誰跟妳說的？」

「鈴子阿姨，她現在在我家。」

「煩耶，那個人。不過這次真的很慘啦，我說，妳不想知道對方是誰嗎？」

「當然想知道啊。」

「很慘啦，因為就是妳啊。看吧？是不是很慘？」

「…………」

「很慘對吧。」

「……這、這確實很慘。等一下啦阿健，不要因為被甩了，就想在身邊隨便找個人代替，這是不對的喔。我的自尊也會受傷，再說，我喜歡的是正則，你應該知道吧？」

「所以我才說慘啊。告訴妳，說得正確一點，我在被小惠甩之前就喜歡妳了。記得嗎？有天妳把我叫去西荻窪的老媽家。那時，妳捧著白色的花站在那裡，一副害羞的樣子，把妳那張奇怪的臉藏了一半在花堆裡不是嗎？那時，我忽然覺得妳好可愛。妳不是一直沒有男朋友嗎。妳沒有男朋友的事，大概一直讓我有哪裡覺得放心吧。說來奇怪，一旦想到妳要被別的男人搶走，我就慌張起來。然後，我和小惠分分合合的，也搞了有三年四個月吧，話先說清楚，我對小惠是真心的，不管被甩幾次，我都有勇氣為這段感情去死。我猜小惠這次或許又會在哪遇到挫折，然後再跑回來找我，但是我已經決定不再當佛系阿健了。我對她已經徹底心死。人這種動物啊，根本什麼都不懂，其實自己才是世界上最神秘的東西。可是我，妳也知道，我很注重道德觀念。我很老派妳知道嗎？我啊，我也喜歡正則，所以左右為難，既希望妳幸福，也認為要按捺自己這份情感才是個真男人，幾乎都決定要照這個方向走了喔，可是人這種動物啊，終究還是最在乎自己的心情。」

「阿健，我對阿健的喜歡不是那種喜歡喔。」

「這我知道啊，可是我的情感是我的自由吧。」

「但是這樣我會很困擾，以後就不能再跟過去一樣往來了啊。」

「要是跟過去一樣往來，會換成我很困擾。總之，我要從今天開始追妳，做好心理準備吧。」

「怎麼這樣，太任性了喔，阿健。」

「我不會偷偷來，今天就會跟正則見面，向他正式下戰帖。」

「不要啦，阿健。你這樣好像齜牙咧嘴的鬥牛犬喔，我最討厭事情一團亂了。」

「人生會發生各種事啊。別以為自己長一張怪臉不受異性歡迎就小看人生了喔。」

我用力掛掉電話。真是，嚇死我了。

已經沒有力氣再走去飯廳，仰躺在床上。滿手心都是汗。這、這是怎樣。我、我哪可能去跟正則說這、這種事，但是就、就算我不說，阿健今晚也、也會去找正則說，結、結果還是一樣，正則一定也會為難，感到困擾。

喜歡我的人，只要有一個就夠了，一個就太足夠了啊。就連只有一個人喜歡我時，我也已用盡全身力氣，幾乎快不夠用了。

用棉被罩住頭，我像胎兒一樣蜷縮手腳，心想最好可以這樣永久冬眠。
人生怎麼會突然變成這樣呢。
我睡著了。

12

電話鈴聲使我一時之間不知身在何處，慌張地左顧右盼，發現天色還亮，我在自己的房間。接起電話，是正則打來的。簡直像是惡夢。

「亞子。」

「唔。」

我發出「唔」的聲音，這豈不跟平常接電話時的阿健一樣嗎。

「妳怎麼了？」

「沒啊，沒什麼事。」

「亞子，妳今晚有空嗎？」

「有空是有空。」

「剛才阿健打電話來，問晚上要不要喝兩杯，亞子也一起來？」

「和阿健？」

我腦子裡好像有什麼東西在吵吵鬧鬧地打轉。阿健一定是要去下戰帖的，我也在場怎麼行。

「啊、那個，我雖然有空，可是好像感冒了。今天還是不去了。」

「沒事吧？有發燒嗎？」

「沒有那麼嚴重。」

「我過去看看妳？」

「嗯，你來、你來。」

「只能過去一下就是了。」

我快馬加鞭換上最可愛的一套睡衣。可是就算上面罩著睡袍，怎麼看還是太隨便。想想又脫下睡衣。換上一件不太常穿的洋裝，那是設計成前面縫有圍裙，彷彿西部墾荒少女穿的蓬蓬洋裝。一個人匆匆走進飯廳時，媽媽和鈴子阿姨不在那裡，大概是一起出門買東西了吧，太好了太好了。我確認熱水瓶裡還有水，也檢查了家裡還有什麼零食點心後，電鈴就響了。

正則捧著一束白色鳶尾花，滿心歡喜地站在那裡。你這傢伙是賣花姑娘嗎？

我朝站在玄關的正則飛奔，親吻了他。

正則用拿花的手環抱我，緊緊摟住我的肩，感覺有什麼東西碰撞背部，原來是裝了冰淇淋的袋子搖來搖去。

我泡了茶，把正則送的冰淇淋裝進玻璃盤，想起正則要和阿健當面談的事，不由得一陣憂鬱。毫不知情的正則看起來心情很好。

「亞子今天好像真的不太舒服呢，臉色很難看喔。只有我出去玩，真是對妳過意不去。」

我不知該如何回應。

「不過，今天妳還是乖乖休息比較好。亞子，妳今天穿的好像草原少女蘿拉喔，非常適合妳。」

看我把他送的花插進花瓶，正則就說：「妳插花的品味真好。」不管做什麼他都稱讚。家教好的人，好像都從不會挖苦人或講難聽話。

不過我非常提不起勁。一說我身體不舒服，戀人就帶著花來探望，這種事明明像電影情節。我是不是已經習慣那不真實的感覺了。

媽媽打了電話回來：「晚飯我跟鈴子姊在外面吃，妳自己隨便弄弄喔。對了，爸爸說他今天會晚點回來，不用煮他的晚餐。」我接聽電話時也心不在焉。

正則真是的，不管我做什麼，他都像小狗一樣跟在我屁股後面，從身後抱住我，有時緊緊擁抱，有時鬆鬆環抱。我忍不住輕聲笑起來，丹田總是使不上力。為難地說：「感冒會傳染給你，」露出困擾的表情。正則卻說：「既然都要感冒，與其被外面髒兮兮的男人傳染，不如染上亞子的感冒還比較可愛。」可是，你會染上我裝的病喔。

我希望阿健今天不要和正則見面，便像個壞女人似的輕聲說：「今天我爸和我媽很晚才會回來。」坐在沙發上，把身體往正則身上靠。

正則眼神在半空中游移了一會兒，應該是在想色色的事。

事實上，我們還沒做過色色的事，我一直在想，希望能在一個美好的地方做，才不想趁父母外出時，在自己房間裡偷偷摸摸做呢。然而，我剛才說的話，聽起來就像女人主動誘惑。

儘管正則始終很想發展肉體接觸，終究他的家教還是太好。像是豁了出去，下定決心站起來：

「這樣的話，叫阿健過來吧。」

他居然說了這種話。

「我今天、我今天還是安靜休息好了。」

我慌張地這麼說。

「妳要早日康復喔，不然我會擔心，妳也會很無聊。」

之後，正則靜靜摟著我的肩膀，不時拿我的辮子尾巴輕撫自己臉頰，說聲「好舒服」，或是拉扯我的髮辮。

「嗳、我想看小時候的亞子，拿相簿給我看。」

「不要啦，我小時候跟現在長一模一樣。」

「有什麼關係，讓我看嘛。」

無可奈何之下，我只好抱了一大疊相簿來。

翻著相簿，正則不斷咯咯笑。「妳跟妳哥長得一模一樣欸」，或是「一家人都會愈長愈像呢——啊、這不是阿健嗎？」我心頭一緊。那是在海邊拍的照片，我全裸，屁股對著鏡頭，阿健也全裸，只有臉朝向相機。我們三歲左右，阿健明明還是小孩卻垂著兩道八字眉。「啊、這個不能看！」我急忙搶走相簿，因為下一張照片是我和阿健肩並肩，正在低頭檢查自己的小雞雞，我的不是小雞雞就是了。

「妳愈是這樣，我就會愈想看。」正則這麼說，我只好把相簿壓在屁股下面。

「那我走囉，要是妳也能一起來就好。」

說著，正則再次緊緊擁抱並吻了我。

我站在玄關揮手，一直望著走遠的正則。

感覺全身瞬間無力。

我就這樣穿著草原上的蘿拉洋裝，雙肩無力下垂。面前有一面鏡子。

鏡子裡映出熟悉的自己。

耳邊響起阿健的聲音。

「別以為自己長一張怪臉不受異性歡迎就小看人生了喔。」

對，我以前一直認為戀愛是美女的特權。所以或許，明明內心很扭曲，卻還裝出一副旁觀者的樣子。那樣的我，如今正面臨著一團混亂的局面。每個人都是人生的主角。無法拒絕扮演人生的主角。

無法拒絕扮演人生的主角，就代表必須時時誠實面對自己的心，無論何時，都不要去計較利害得失。

就像媽媽說的，我與正則從頭到腳都不匹配。可是我好像喜歡他。另一方面，是從出生至今就對彼此無所不知的阿健。他們兩人，我都好喜歡。

該怎麼做才好。忘了在哪裡看過一段文章，說海上遇難的漁夫會熄滅船上的燈火。於是漸漸地，黑暗的大海上會浮現一縷光明。那光亮就是海港。

我現在就是一艘遇難的漁船。

兩個男人都說他們喜歡我，我可不能因此慌了手腳。熄滅船上的燈火，陷入一片漆黑，用力睜大眼睛。

不久之後，我將看見一縷光明。那就是我打從心底尋求的事物。

別轉移視線，好好凝視鏡子。這就是我。不管是不是美女，神明都不會偏袒，世上人口這麼多，神明忙不過來啊。

我的幸福，就靠這個手無寸鐵的木芥子自己去攫取。

我真正的人生，現在才要開始。

解說

角田光代

無論你是喜歡自己外表喜歡得不得了的奇特女子，還是對自己外表某些地方不滿意的普通女子，讀了這本小說，一定都會這麼想。

好想成為亞子！

老實說，我現在三十六歲，還是會這麼想喔。真心希望自己成為亞子，重回十幾歲的年代重新來過。

一開始是對亞子很有共鳴。沒有戀人，生的一張與「美」字完全扯不上邊的木芥子臉的悲慘亞子，讓我好幾次點頭嘟囔「對啊，對啊，就是這樣」。鬆了一口氣地想「哎呀，真是太好了，世界上除了我之外還有這樣的人」。

然而，我慢慢發現，自己和亞子好像差多了。

首先，亞子的媽媽很不對勁。她爸爸也很不對勁。這一家人都怪怪的。或者不該說怪怪的，反正就是對什麼都悠悠哉哉的，又或者說太老實了，借亞子的話來說，他們家的人彼此「愛對方愛進了骨子裡」。無論怎麼過分的玩笑話、挖苦或揶揄，正因有這份愛為基礎，一切都沒什麼了，聽起來只是可愛的戲言。用「不對勁」來形容愛彼此愛進了骨子裡的一家人好像也很怪，總之他們說話雖然直來直往，但沒有一絲虛偽，是大剌剌沒錯，但絕對不是自暴自棄。這家人那自然到太過自然的情感，值得珍視。

那是深深扎根，無所動搖的愛。全身上下，從頭頂到腳尖都在這份愛包圍下成長的亞子是那麼的直率。亞子的直率與純真，在那張木芥子臉上表露無遺。她那張臉「給人帶來某種安心感，讓人失去戒心」，「絲毫不會帶給別人不安」且「散發令人喪失敵意的氛圍」……尊龍正則用一句話囊括了她這些特質，那就是「非常可愛」。

我曾在東南亞某座島上住過一段時間，那座島上有很多野狗。這些野狗深受島上居民與旅人溺愛，不是任由牠們隨便想怎樣就怎樣的寵愛，而是被人們好好地愛著，與人們共存，不用擔心沒來由遭人踢打驅逐。這些野狗也不會威嚇或猜疑人類，對人類毫無恐懼或警戒之心。牠們真的是……非常可愛。

把她跟狗混為一談，亞子大概會很生氣吧。但是，只要在愛與肯定中長大，無論是人還是狗，都會擁有一樣的率直與純真，一樣非常可愛。面對他們時，人們總能卸下心防，忘卻警戒，感受到一陣幸福湧上心頭。

當我發現亞子似乎是個非常可愛的醜女時，才發現「什麼嘛，放心得太早了，（只是個普通醜女的我）跟人家根本不一樣」。雖然發現了這一點，但讀者……應該說我才對，已經深深受到亞子魅力吸引，無法闔上這本書了。不由自主追逐起亞子的一言一行，一顰一笑。

家人之愛，朋友之愛，亞子不用學也已是這兩方面的專家，唯獨對戀愛卻是一竅不通。和青梅竹馬的阿健也好，和美術學校裡那些打從心底交流的男同學也好，亞子都未曾萌生愛意。身為如此「規矩女孩」的亞子，慢慢地、慢慢地用她自己的步調理解了什麼是戀愛。看在身心皆以高速衝進戀愛之中的現代女孩眼裡，亞子的步調真是慢得令人驚奇。

現在這個年代，翻開雜誌必定看見戀愛特集，沒談戀愛的人根本稱不上是人，有這種想法的人還不少。一旦好幾年沒交往對象，就開始擔心「我是不是哪裡有問題」，始終維持處子之身的女孩也急著想「得趕快和大家擁有相同體驗才行」。做什麼事能討異性喜歡，做什麼事就能抓住一段戀情，受異性及同性歡迎的穿著打扮是這樣的，髮型則是那樣。雜誌與電視都為大眾提供著戀愛教戰手冊，催促人們快點去談戀愛。因為不談戀愛的人根本稱不上是人，所以我們只好匆匆忙忙背下教戰手冊的內容，加以消化、實踐。

請容我不顧矜持地告白，其實在跟亞子差不多年紀時，我也還沒有與異性交往的經驗，但是為了那天的到來，早已讀遍雜誌中關於約會時能做的事與不能做的事，而且幾乎背誦下來了。到現在都還記得的是「第一次約會的焗烤定律」。大意是說，跟男生去餐廳吃飯時，既不要點義大利麵也不要點牛排、披薩或壽司，因為那類食物不容易吃（意思是指很難有優美的吃相）。各種食物中，有一種非常適合約會時吃的東西，那就是焗烤。焗烤既不會亂噴湯汁，也不需要優雅使用刀叉的技能，只要小心處理牽絲的起司，任誰都能美美吃完一餐。

在都是女人的家庭中長大，又從小讀女校的我，那時沒有和男生一起吃飯的經驗，甚至對此事感到恐懼。讀到焗烤定律後，我打從內心獲得救贖，像被什麼附身似的，一心想著跟男生吃飯時一定要點焗烤、焗烤、焗烤……（第一次約會時，我也真的在菜單上找焗烤，悲哀的是，那間店沒賣）。

然而亞子沒有教戰手冊。因為亞子知道，包括女性友人在內，周遭的戀愛話題充其量只是「他們的戀愛」，而不是「我的戀愛」。只要不是「我的」，無論是心情還是感情還是步調，亞子一律都不相信。如果不是「打從心底」產生的事物，就無法成為驅動她前進的原動力。焗烤什麼的，非得「打從心底」想吃不可，否則絕對不吃。再讓我補充一點，和青梅竹馬阿健及多少有點發展戀情可能的正則第一次吃飯時，亞子吃的是「義大利沙拉和墨魚義大利麵、提拉米蘇和咖啡」。是墨魚喔、墨魚。我真想叫十幾歲時被焗烤附身的我喝下用亞子指甲垢泡的茶。

總而言之，跟焗烤或受異性歡迎的穿著打扮毫無關係，跟第幾次約會才能接吻，再過幾個月後才能許身也毫無關係，亞子用她自己的步調談戀愛，對象還是個非常不得了的男生。

臉長得像尊龍，念的是東大法學部，家在世田谷區的赤堤，而且是一棟大豪宅，車開的是 CAMARO，家裡還有賓士，會講德語英語和法語，擁有附暖爐的別墅。兩人的相遇過程固然莫名其妙，這位尊龍正則個性似乎很好，也打從心底迷戀亞子，讀到這邊的時候，暗自露出陰沉眼神心想「亞子太奸詐了」的人一定不只有我吧？

然而，作者這麼寫，當然不是為了搧動我們平凡醜女（或說長相一般，平均以上女孩）的嫉妒心。這也正是我敬畏這位作者的地方。

容貌、學歷、家世、頭腦、擁有的東西……明明在讀者面前堆疊了大量出色優秀的條件，佐野洋子氏卻描寫出澤野正則這個男孩宛如赤身裸體般什麼都沒有，對一切無能為力的一面。尊龍正則擁有的一切事物，在這本小說裡，或者說在亞子的戀愛過程中，毫無意義到了令人大呼快哉的地步。

亞子和我們完全一樣，面對正則的外表與擁有的東西時發出驚嘆，也同意她母親「門不當戶不對就不是好姻緣」之說。可是，她對正則本人毫不動心。人家說戀愛會讓情人眼裡出西施，一談了戀愛，就會把對方看得比實際上好太多。可是，作者描寫的正好相反，在佐野洋子筆下，戀愛是排除一切多餘的事物，只呈現等身大的對方。

佐野洋子這位作家是有愛的人。我從以前就一直這麼認為。在這部作品裡也描寫了愛。既是友愛，是家人之間的愛，也是戀愛。不用任何範本，也沒有教戰手冊，有的只是「打從心底」以某種形式自然產生的愛。在牢牢扎根的愛面前，名牌精品也好，焗烤也好，平均值也好普通人也好，比較也好自卑情結也好，都會變得像小砂礫一樣微不足道。

以這層意義來說，這部小說中出現了兩位在「愛」這件事上失衡的女性。一個是阿健的女友小惠，一個是尊龍正則的前女友。尤其是小惠，我一邊讀一邊想「這女人真教人火大」，但在這本充滿愛的小說中，不管怎麼看都格格不入的她們兩人，我卻怎麼也討厭不下去。正則的前女友就像歪一邊的彌次郎兵衛玩偶[1]，小惠則像底部破洞的水桶。想要把一直歪向某一邊而疲憊不堪的彌次郎兵衛扶正，或是想把

1．一種運用天平原理的日本傳統平衡玩偶。

不管怎麼裝水都裝不滿的水桶破洞補起來，都只能依靠某人牢牢扎根的愛……這麼一想，別說討厭她們了，甚至會在自己內心深處發現小惠和前女友。因為，比起確實感到每天被誰所愛，擔心自己不被愛的不安情緒才是更普遍，也是我們更熟悉的情感。

在小說的最後，身為讀者的我們一定都發現了亞子飛躍性的成長。看到這樣的她，我們原本「想成為亞子」的念頭將轉變為「我也能成為亞子！」的確信。我們總有一天會剝除身上的名牌精品，摀住耳朵不去聽人賣弄學識，排除所有先入為主的想法，只用自己的眼睛、鼻子、手指、舌頭去選擇或捨棄，這樣的一天必將來臨。到那時候，我們非側耳傾聽「來自心底」的聲音不可。小說結尾亞子展現的堅強姿態，帶著一股強大的力量讓我們知道，那對任何人而言都不是一件難事。我們從中學到，只要肯定自己，那就會是一件容易的事。

最後。請各位務必注意小說中登場的各種對時尚服飾與食物的描寫，那些非名牌的服飾與不賣弄學識的非高級料理。值得驚訝的是，對照當初本書出版的時期，會發現已是差不多十年前的描寫，讀來卻一點都不過時，毫不俗氣。作者筆下的時尚品味獨特，又可愛得不得了。關於食物看似輕描淡寫，卻莫名讓人留下「好像很好吃！」的印象。我想，作者一定熱愛食物與時尚。「打從心底的愛」不受時間限制，這是我透過這部美好的小說，不是從亞子，而是從作者身上學到的事。

為新裝版文庫本追加解說

角田光代

我最近開始覺得，在創作活動上，佐野洋子其實是個靈巧的人。以前我從沒這樣想過。真要說的話，還覺得「笨拙」這個形容詞比較適合她。

會畫畫，又會畫繪本，會寫散文，還會寫小說。這樣的人可不多。但我仍隱約感到她的笨拙，是因為那些創作的任何一種，都令人聯想到佐野洋子本身。畫成繪本也是佐野洋子，畫成畫也是佐野洋子。無可救藥的，怎麼看都是佐野洋子本身。所以，即使不認識她，只讀了一本繪本，或只讀了一篇散文，我們就知道佐野洋子是怎樣的人。

這次，應《打從心底》換新封面推出文庫本的機會，我重讀了一次這本書。心想，不對，這位作家一點也不笨拙，反而是很靈巧的人。因為，進入佐野洋子的入口竟然有這麼多種。不管從哪個入口進去，我們都不會遭到抗拒，還獲准能夠直接碰觸。碰觸佐野洋子這個人。

這本小說在佐野洋子作品中，罕見地以亞子這位年輕女孩為主角。不過我覺得，這樣的亞子終究還是佐野洋子本身，亞子的母親和父親也是，青梅竹馬阿健的母親也是，都是佐野洋子本身。誠實的，率直的，幽默的，充滿魅力的，同時赤裸裸的。這樣的精神，這樣的靈魂，既不隱瞞什麼也不遮掩什麼，光明正大的赤裸。不只書中角色，小說本身也是，都是佐野洋子本身。

六、七年前，一位報社記者得知我是佐野洋子迷，就介紹我和她見面了。那天之後，我去佐野洋子小姐家玩了幾次。因為我實在太崇拜她，每次都緊張得全身僵硬，連話都說不好。但是，為了消除了我的緊張，佐野小姐總是妙語如珠，還跟我天南地北聊了許多。我既緊張又驚訝，因為眼前的佐野小姐就是我在繪本裡讀到的，在散文裡讀到的，在小說裡讀到的，我一直都知道的那個佐野洋子小姐，她的精神與靈魂就在我眼前。我從沒見過有誰像她這樣，寫下的東西與本人之間幾乎毫無差距。即使面對幾近初次見面，緊張得連話都說不出口的女人，這個人仍拿出自己赤裸裸的一面。對此，我懷抱深深的敬畏之念。

我第一次接觸的佐野洋子作品是《活了一百萬次的貓》。幾年後，又在雜誌上讀到她的散文。讀完散文，我嚇了一跳。心想，原來畫出那本繪本的人，也能寫出這麼痛快的散文。至此，我成為她的書迷。第一次讀到這本《打從心底》時，我也發出了驚嘆。驚嘆於她也會寫這樣的世界。讀到描寫自己與母親之間關係的《靜子》時，果然還是因意外而感到驚訝。

沒錯，不管哪部作品都是佐野洋子本人，卻都出乎意料的不同。每部作品都不一樣，但是讀完之後，卻又心想，啊、我讀了佐野洋子的作品。透過作品，自己又接觸到了她自由、強大又可愛的赤裸精神。

門的形狀、位置與門後的光景全都不同。我們在適當的年紀打開那扇門走進去，一路走到最深處，然後發現。啊、這地方我知道。讀佐野洋子的作品就是這麼一回事。讀得愈多，不管幾次最後都會抵達那個地方。最後抵達的那個地方總是有愛。有我們活著的目的。也可以說，在那裡碰觸到了赤裸裸的作家佐野洋子。我認為這麼說一點也不誇張。她不在這裡，但是，我們隨時都能見到她。因為有這麼多扇門引領我們見到她。

我深切盼望，這本《打從心底》能成為一扇門，引領某個還未遇見佐野洋子的人見到她。

二〇一一年夏天

有方之美 009

打從心底

作者　佐野洋子｜**封面暨內頁插圖**　佐野洋子｜**譯者**　邱香凝｜**社長**　余宜芳｜**副總編輯**　李宜芬｜**封面設計**　廖韡｜**出版者**　有方文化有限公司／23445 新北市永和區永和路 1 段 156 號 11 樓之 2　**電話**—(02)8921-0339　**傳真**—(02)2921-1741 ｜**總經銷**　時報文化出版企業股份有限公司／33343 桃園市龜山區萬壽路 2 段 351 號　**電話**—(02)2306-6842 ｜**印製**　中原造像股份有限公司——初版一刷 2021 年 11 月｜**定價**　新台幣 320 元｜

ISBN：978-986-99686-2-1

打從心底 / 佐野洋子著 ; 邱香凝譯 . -- 初版 . -- 新北市 : 有方文化有限公司 , 2021.11
面 ;　公分 . -- (有方之美 ; 9)

譯自 : コッコロから

ISBN 978-986-99686-2-1(平裝)

861.57　　110005128